第五维度

梦窗 著

新星出版社 NEW STAR PRESS

目 录

序·一　这个星球和幸福的距离	1
序·二　一部心灵意识维度的科幻小说	5
序·三　进化与异化	9
楔子：生命是寻找意义的旅行	1
A 想去往太空	4
B 陷在机械生活	14
C 进入时间的维度	24
D 离开日常生存的空间	37
E 收录一切意识的信息广场	44
F 我有很多很多愿望	50
G 统治世界的未知力量	58
H 我们存在的原因	65
I 最羡慕的是自由	78
J 财富的诱惑	87
K 最有价值的是财富吗	94

L 希望玫瑰统治我们的星球	100
M 沉睡的自我意识	109
N 最大的问题是如何去过一些有意义的时光	117
O 生存需要通过最复杂的程序	126
P 什么在指挥我们的生命意识	132
Q 意识是世界的第五维度	143
R 不能忽视生存环境	152
S 面对逃避不了的危机	156
T 当工业文明的末日来临	163
U 机器纪元的冷酷现实	172
V 人类是受到自我意识支配的生物	179
W 成为新宇宙人的努力	183
X 自身的觉醒对人类是最重要的	188
Y 每个人内心的真相就是宇宙的真相	193
Z 爱是进化的动力	211
尾声：关于幸福的答案	223
后记	225

序·一

这个星球和幸福的距离

和作者没有正式见过面,也不知道是男是女,看小说像是一位IT男,他可能有抑郁症,甚至科技恐惧症,印象仅停留于此。这个时代有抑郁症的不少,而从抑郁症走出来的人,就像一次蝴蝶的重生,重新找到在这个星球上生存更适合的心态或形态。

大城市的生活韵律,让人的心灵多了焦虑气,少了幸福感。借用一个科学词汇,我们可以测试一下自己离幸福距离多少光年,而不是自己离房地产开发商的要求有多少。作者在小说中像是体验某种角色,譬如体验IT男的角色,枯燥的生活、职场的焦虑,没完没了地压制人获得幸福的能力。全人类都处在这样的生存界面,但并不知道真的想要什么。

仰望星空,看到时间流逝,却迷失了心灵走向。人类作为有灵魂的高级动物，在计算机丛林中，模式化地终日面对数字屏幕的生活，无法从每天的雷同的生活中，培养出幸福的感觉。这是全人类共通的问题，却不是我们想要选择的命运。

每个人都有梦想，正如小说中说的，它是目标或希望，但是在我看来，它更是我们内心深藏的念头。这些掠过我们大脑的念头，它渴望兑现，便成为了我们的梦想。当这个念头开启并期待实现，我们人生的梦想模式就被开启，一生行动的意义也在围绕这些梦想。而我们的恐惧的情绪常常源于梦想受阻。

书名《第五维度》就有一种从新的视野看宇宙人生的意味，每个这星球上的公民，要想为自己制造好心情，不仅要开启人生的梦想模式，还要能驾驭在体验自己所扮演的角色中的情绪。爱是一种善待自己的仪式，幸福是从积极的一面看待事物的能力，怎样去获得这种能力，在于首先就不要放弃让自己幸福的权利。小说的主人公在宇宙中寻找生命的"答案"，就是坚持不放弃这种权利。这也是人类永恒的理想。

令我感动的是主人公总是从儿时的渴求追溯，那是人性最初的悸动，那种孤单感是一个人尚未习惯成年人的惯性生活时的自我意识。所以，仰望星空时，会有很多幻想，带着人类生命早期的孤单，带着对宇宙世界的好奇，带着对生命的答案的追询。这几乎是我们所有人小时候会有的感受。只有这种感受强烈的人才会反复在内心追问："为什么活着？"

如果把这部小说看一座建筑物，它不是超级大师的经典作品，但是如同是一个城市公共广场的时钟，你走过它时看它几眼，会止步不前，思索自己现在生活的形态，它能令自己拥有积极心理吗？它是否只是僵化的生命？自己想要追寻的真正的生活在哪里？

喝一杯咖啡，走在路上或站在一个大玻璃窗边，人漫无边际遐想时，会经常生出这样的想法。恐惧就是我们的一颗心，总在寻找最舒适安放的方式。当我们在这个星球的生活中，无法获得幸福感时，我们这种"寻找"就愈发强烈。

这就是小说中令我感同身受的地方。在我看来，小说并不单是技术活，也不只是故事，更重要的是"心"的形态。许多著名的很丑的建筑，现代感十足，就是因为它的造型会引发心灵情绪，令现代人认同。回到古代的小说，我并不感兴趣，尤其和现代毫不相关的，它只是现代人对过去时代的一种意淫。我们需要对现代生活方式观照的小说，哪怕是借用科幻的框架。

一个属于我们的星球，肯定不是各种灾难频发，让我们陷入生存被动的星球。我们想要的生活，肯定是会让我们感到满意的生活。当不能生来拥有，就要去培育积极的念头之花，打造一个属于你自己的幸福的星球。

蛹是怎么破茧成为蝴蝶的？它需要破壳蜕变。小说中有个情节是主人公头颅变成了电脑，这种遭遇虽然富有现代感，让人类体验过度依赖电脑或科技的后果，但是基本上是不可能实现的。主人公又从"电脑人"回归到普通人，就好像那个思维的壳取下来了，它让我们现代人从科幻艺术的角度观照人的生活，拓宽了我们对世界的感觉。最后能否成为真正美丽的蝴蝶，在于是否成功地通过破壳程序。这是所有人获得幸福的能力的途径。

世界上哪里有爱和幸福，哪里就有进化。因为进化天然地就是我们自身生理或心理层面的优化。

幸福何在？在人类共享的公共场域，找到让心灵安适的方式，不放弃，不消极面对，不淹没在非理性的激情和欲望中，就能找到幸福。

　　我回顾自己从前的那些日记，里面也记录了生命过去的不痛快的经验，今天来看，正是那些经历让我"进化"，成为后来对生活感受更美好的我。这就是积极乐观的大脑的进化机制。反之，如果消极的话，只会更垂头丧气，习惯不幸福。

　　看到了一个理想主义尚存的小说，但愿，只要不断培育积极的念头，幸福在我们的星球随处可见。这不是心灵鸡汤，而是心灵哲学。

"幸福力"概念缔造者、积极心理学家
王薇华

序·二

一部心灵意识维度的科幻小说

  我读过一个古老的神话,说人们死后亡魂都要进入冥界,涉过一条被称为遗忘的河流,这河水会冲刷掉人们生前的记忆。有人说这携带着记忆的流水最后都注入到一口泉井中,凡是饮用了这泉井之水的人就会获得这些逝去的记忆,如同经历了千千万万个生死轮回一样,这饮下此水的人便会获得无上的智慧,参透生命中最伟大的真理。
  我们所生活的时间是单向的,从让人怀念眷恋的过去走向人们不断憧憬的未来。在时空的一个维点上每个人只能有一种选择,穷极一生也只能走出一条轨迹。然而人的一生只是数十年的事情,从呱呱坠地到撒手人寰,只有在这短暂却匆匆流逝的日子里我们才真真正正地活着。人们在短暂的生命中迫切寻求活着的真正意义,从而开始真正属于自己的生活,却往往需要付出一生去寻找答案。当你恍然回首,感悟出该如何度过这一生时，却发现岁月已经无情流逝了。

　　纠结我们一生的困惑，一生的梦想，一生的牵累，大概只有在将死之时才能放下或者看到结论。很多时候我们都在憧憬，儿时憧憬着早点长大去了解这神奇的大世界，中学的时候憧憬考一个好大学有一个好的未来，大学时憧憬要找一个好工作，工作的劳顿中又盼望着早日退休不再受累……还有一些时候我们在怀念，读书失意时怀念儿时无忧无虑的时光，职场碰壁时怀念校园的单纯快乐，年老之后怀念自己那一去不返的青春年华。我们总是这样，手中攥紧的幸福没有内心的饥渴多。为了生活而赚钱，却为金钱所累而忘了生活；觉得未曾触及的梦想就是幸福，走近她时却发现幸福依然遥远。

　　一个人活着的意义到底是什么？只有你生活过了才能真正明白。

　　我们生活在四维的时空中，三维空间加上第四维的时间。随着时间不断改变，生物的进程不断变化。

　　因此，如果桌子上有一杯水，我们无法既痛饮这水，又让它留在杯子中。

　　这水就如同我们的生活，我们无法既度过自己的人生总结一生对错，同时又从头开始过上醒悟后的生活。

　　但是，世界还有第五维度：那就是我们的意识。

　　《第五维度》一书为我们打开了另一种视野，在一个堪称"第五维度"的游戏世界中，作者带着我们既经历生死劳顿又回到原点，带领读者穿越了世界文明的进程：经历远古荒蛮的恐龙时代，目睹那无法躲避的灾难灭绝；经历扑克牌城隐喻的中世纪，遭遇弱肉强食、大点吃小点的游戏规则；经历自由却贪婪掠夺的海盗时代，体验了惊心动魄而野蛮的生存法则；经历神祇统治的玛雅文明，目睹了先进的西方科技文明对单纯原始的古文明的摧残；经历现代文明下的世界大战，看到被炸得伤痕累累的大地上满目疮痍；经历科技发达的工业时代，看到疯狂追求利润的工业对世界的残害和破坏；经历信息时代，人类因过度依赖电脑，生存方式逐渐异化为屏幕控。经历众多生和欲的困顿，在众多次濒死中叩问灵魂深处的自己，终于领悟出自己活在这个世界上的真谛：

  幸福的秘密是欣赏这个星球的所有风景，并且找到合乎心灵影像的爱。

意在言语之外，不经历人生是难以懂得的。

当书中的主人公，也就是游戏的设计者在经历了"死亡星球"游戏并在穿越死亡之后获得对生的启迪，开始明白自己活着的真正意义，懂得了生活的真谛。在第五维度意识之中，人们能如既饮下了这杯水又保留了杯中之水，同时经历了人生并回到当下的起点，开始学会珍惜生活。

读罢掩卷，我忽然想起那位已经死去的诗人：

  从明天起，做一个幸福的人
  喂马，劈柴，周游世界
  从明天起，关心粮食和蔬菜
  我有一所房子，面朝大海，春暖花开

《第五维度》与其说是科幻小说，更像是一则包裹在科幻中的寓言，作者通过富含象征性的科幻意象带领读者领悟人生。比如象征文明历程的"死亡星球"游戏、象征迷失自我的生活冢、象征人类所有历史记忆和生命意识的信息广场、象征生命旅程和答案的抽屉、象征互联网的蜘蛛外星人、象征从小追求的理想和幸福的仙后星座、象征网络化和高智能机器的超级电脑、象征个人过失和悔恨的炮筒生命……作者无疑在通过科幻的外衣让读者审视自己的人生，并不断去剖析自我，经过种种危难和困惑直到终于找到自我的救赎。

果壳编辑、语言学达人、畅销书作者
稻草人语

序·三

进化与异化

《第五维度》这部科幻小说，用现在圈内的话说称之为"科幻现实主义"比较合适。作品的线索比较明晰，一个现代社会的IT白领被工具异化的现实压抑得喘不过气来，领导给他布置了的游戏项目正处于关键时期却面临取消的危险，正如《三体》有三体游戏一样，这部作品中也出现了一款名为"死亡星球"的游戏，顾名思义整个故事就在现实和游戏之间不停切换，游戏的历程某种程度上映射了人类发展的历史。

让我们将视线拉远一些，从文明的源头说起。早些时候我们认为人类和其他动物的区别在于人类能够制造和使用工具，这在科幻作品《2001太空漫游》中有很好的展示，一只猩猩学会了使用骨头敲击，随后将骨头抛向空中变成了一艘宇宙飞船。这一观点虽然现在被削弱了，仍揭示出工具对人类文明的重要性。麦克莱伦第三就在《世界科学技术通史》中写道："人类自身进化的成功，在很大程度上是有幸掌握了工具的制造和使用并使之传承下去，因此，人类的进化史的基础是技术史。"

《第五维度》这部作品也追溯到人产生以前的恐龙时代，那时面对地球环境上的生存灾难，恐龙不懂得使用工具自保，也无所谓安居和医术，而这两项正是伴随着人类会使用工具的文明诞生的。对比玛雅文明和西方文明，更高层的工具即枪炮技术的运用，征服和打败了更低层工具的使用者土著们，尤其鲜明地告诉我们：人类文明的进化史和工具的使用极为相关。书中最后部分载人飞离地球生态圈的宇宙飞船，也是一个"工具"般的方舟，如同人类最初抛向宇宙的骨头。所以，本书将电脑这种工具发明后的信息时代称为"新纪元"，也就不足为怪了。

马克思主义认为劳动工具是人躯体的延伸，所以人类文明史也可称为人与工具（技术）共同进化的历史，未来学家凯文凯利在《技术元素》和《失控》中也持类似的观点，科幻作家刘慈欣最近接受采访时更表示："手机已经演变成了人的器官"，类似的观点层出不穷，也得到一些专家学者的认可。但是正如生物进化繁衍中会发生基因突变一样，同样的事情也会发生在技术上，对于科技我们将此称之为科学革命、突变论等等，对于人与社会我们称之为人的异化。经济学家汪丁丁则明确地表示："由于基于社交网络，所以几乎无法抗拒加入也不可能完全摆脱离开。最终的结果是，人们像圈养的鸡鸭一样被进行信息的填食，慢慢丧失了自己思考和选择的能力，手机和电脑仿佛变成了一个精神控制的机器，人们深陷其中无法自拔。"

我们知道，基因突变本身无所谓好坏，只有是否适应环境，同理很多人对技术也是同样看法，持技术中性论，即技术无所谓好坏，关键在于使用的人。本书的作者想必也是如此。尽管大多数人坚信技术是一张白纸，未来是好是坏取决于我们怎么描绘。但是很多人对此提出异议，像海德格尔就认为工具都是有指向性的，比如枪无论是用来打猎还是杀人目的都是"猎杀"，北京大学吴国盛教授就说过："你用什么样的工具，你就会按照那个工具所指引的方向去前进，你就受到工具的指引。对于一个手拿锤子的人来说，世界就是他面前的一颗钉子。所以，任何工具都不可能是中性的，它总是有所引导，它总是有所带出的，所有的世界都是从工具里带出来的。"

这让我想起上世纪末，著名科学作者凯文凯利就在《失控》一书中预测"网络是二十一世纪的图标"，果不其然，不出几年，我们就进入一个触摸的世界，电脑和手机成为我们生存依恋的工具。我们"现在"的这个世界仿佛是从网络中释放出来的，类似《第五维度》小说中提到的信息广场。不得不提作者有很强的互联网思维，深刻认识到互联网对我们生活方式的影响，并且认为这种影响是可以上升到人类进化史层面的。它的意义是积极的还是消极的，应该留给人们评说。对于身处其中的人们，也可能早已经意识到了他们已经抵达了人类史的一个全新的阶段，只是工具本身有一种遮蔽性：

"我们眼镜用多了、用惯了，我们就看不见自己的眼镜，我们不知道自己在看。如果你在用眼睛的时候老看见眼镜，那就有问题了，说明这个眼镜不好用了。比如我们自己的眼镜坏了，借别人的用一下，老觉得不对头。一个被充分使用的工具，往往是不显示自己的，它处在一种自我隐蔽状态。由于真正的工具是自我隐蔽的，人们往往认为它不在场,所以工具往往被认为是中性的,是无所事事、无关宏旨的,其实不然。只是因为一个真正的起作用的工具本身是自我隐蔽的。"

现代科技就是因此被人忽视,某种程度上也可以解释刘慈欣说的:"这是一个奇迹麻木的时代",意指人们对于科技奇观已经不再感到惊讶,不再好奇。但是当我们细致体会,我们能发现自己已经生活在一个缠结的网中,当我们离开网络时,我们会仿佛觉得离开了世界的中心,被边缘化了,而当我们融入网络生活中,包括电话网络、电脑网络、手机网络等,我们就会很正常地觉得自己处于世界的主流生活形态里。

网络还给我们引入新的逻辑思考方式,网络里的世界"没有开始、没有结束、也没有中心,或者反之,到处都是开始、到处都是结束、到处都是中心",过去我们以为文明是从古至今按照线性发展的,我们认为世界经历了史前时代、原始时代、奴隶时代、封建时代、资本主义时代以及当代,我们是貌似确定的抽象历史进程的人,但是网络时代的我们会看到自己处于无数不确定的指向当中。《第五维度》这部小说的进程就包含了至少3个逻辑:1. 历史学家眼里的历史进程,从恐龙时代到现代;2. 计算机的逻辑,以游戏的方式推进;3. 人心意识的逻辑,人处于世界的利益的冲突中的复杂心理。

我们可以用科幻文学本身来类比,刘慈欣曾不无担心地表示科幻现实主义可能导致科幻的第三次工具化(清末民初的第一次工具化是为富国强兵服务,建国初期第二次工具化是为科普服务),因为他个人对用科幻隐喻反映现实不感兴趣。如果科幻亦是一种工具,其内禀属性仍是作者赋予的，是带有作者烙印的，从这个角度说任何文学作品都是工具，都是表达作者情感和思想的工具，工具化本身是一个伪命题（比如说科幻现实主义用来讽刺现实是某种工具，那么刘慈欣的小说大多用来表现宇宙的浩淼和科学的深邃又何尝不是一种工具）。这就是之前说的工具（技术）本身就是带有价值观的，而不是中性的。读者怎么评价、怎么使用这个工具是另外一回事，比如即便是《三体》这样的硬科幻，有些读者可以读出人类的渺小宇宙的伟大，有些读者可以读出政治经济学的黑暗，有些人甚至将这本书运用到IT行业进行分析，这些是否是作者所想表达是需要对作者和作品进行分析的，在文学方面我们已经认识到了这一点，那么对待技术的看法也需要改变呢？

在《第五维度》中，作者通过构建很多意象，表达对科技的看法，譬如"信息广场""抽屉""第五维度"等，隐喻人进入数字时空后的世界，游戏中的飞碟近似于凯文凯利说的一个"太空生活试验舱"，它穿越无开始、无结束、无中心的游戏世界，最后到达"灰色冰冷的钢铁世界"，这个越来越机械化的世界和我们的现实无限趋近。人的大脑被机械的大脑——电脑取代，象征生物与机械的联姻，这类残酷的意象隐喻我们文明未来的走向。小说作者的这一想象似乎更多看到科技发展的弊端，但我认为作者的态度是模糊的。生命与机械的联姻，自从第一台机器产生就开始了，这是无法逆转的历史，大规模地依赖机械会对环境产生影响也是眼下这个世界的真相，作者帮我们撩开面纱，只是为了更精准地看清科技对我们的生活的影响。

科技的发展到底利弊如何，是否会给我们带来恐慌？这就把一个关于科技利弊的问题，引向了心理层面。回到技术是人身体延伸的"身体"，中国科普创作协会作家吴国盛认为我们的身体和技术其实面临一样的遭遇，我们认为一个人身体的美丑是父母或者大自然给予的，于是我们忽略它而强调人的心灵美，现实却是我们总以貌取人，渴望人更好看一些，如果身体本身是中性的话，我们又何必要求它美或丑呢！

作为中国目前最好的科幻作家，《三体》作者刘慈欣说："中国科幻作为一个生命体，是奇迹麻木时代的一个生理反应。"《第五维度》就试图去揭示技术给人带来的异化，"死亡星球"的游戏历程就是沿着人类发展的脚步回顾技术和人协同进化的过程。本书将心灵意识作为时空四维之外的第五维度，其实更是一种象征意味而非科学实指，不仅揭示了技术本身带有人的目的性，更是提醒人们莫忘初心。

另外，本书给人的感觉很像戴蒙德的《崩溃》和斯宾塞·韦尔斯的《潘多拉的种子》，这两本书都是人类学巨著，讲述了人类文明演化过程中技术扮演的角色，两厢对照颇有意味，也帮助读者更好地理解本书关于进化和异化、技术和心灵的讨论。

《科幻世界》杂志编辑

戴　一

楔子：生命是寻找意义的旅行

  我总是听到奇怪的声音，据说它来自宇宙中神秘的信息广场——所有生命都能够在那里发出声音的公共广场，它就像个潘多拉盒子一样，装着人类的焦虑、欲念、恐惧、怨怒甚至希望等情绪。我不止一次地发现自己往这个盒子里探望，它无边无际，但是从外表上看它的长度或宽度，只有屏幕那么大，发出液晶光泽，里面配置着感应器。

  人们能通过这种感应器，获得他们居住的这个星球的任意消息。譬如，当小行星来袭时，星球表面的震荡被测知，信息随即反馈到星球上的人，人们不再像过去世纪那样一无所知。每个人所知道的信息也并非完全相同，就好像各人都有一个自己的房子或抽屉，在那里面装着他们各自的心灵影像。我努力寻找自己的那个抽屉，想要如探险的太空人一样，从另一个地方凝视着我们的星球，不知道能不能看清它的真相。

信息广场从何时开始存在？似乎没有人知道。它也许从创世纪开始，但直到机械化的设备电脑产生，人们才能靠登录接触这个世界。

　　很可能，最初人们想要了解信息广场的动力，是源于好奇心和想象力，可是当人类文明发展到越来越复杂的阶段，人们渴望了解自己的命运乃至人类整体的命运，就更期待进入信息广场，寻找到他们想要的答案。可以这么说，我们每个人的生命都是一场寻找答案的过程。

　　和所有濒临绝种的生物一样，人也会在上帝面前"抽签"，共同决定第几世纪是人类的末世，可能是第50世纪，也可能是第100世纪，当然完全有可能更早，在这世纪末或下个世纪就显现端倪。到那时，人类文明要从我们的星球上消失了？正是因为这种焦虑，某个令人迷惑的疑问一直激荡着我们：世界末日。

　　噢，不知到时候，谁来拯救我们，或许我们只能依靠自己，设法尽快在信息广场找到答案以免于人类文明消失的厄运。过去的数世纪，人类文明工程被一点一滴地用心建立起来，但是潜伏在这个工程中的毁灭的因子，仍动态地存在着，否则在漫长的历史中不会有许多民族再也看不到蛛丝马迹。信息广场既然能传递我们的"心灵影像"，必定藏着人类文明工程的秘密。

　　我聆听着那来自信息广场的声音……

　　此刻，我的手触摸着电脑屏幕，屏幕中出现裂缝，伴随着轻微震动，屏幕从上到下出现一条黯淡的沟壑，弯弯曲曲如龙，褶皱似的裂纹像火焰一样向四处延伸，缝隙越张越大，很快屏幕像是四分五裂开来，我来不及阻止。整个过程就像我做过很多次的梦，我们的星球变成了死亡星球。突然，这幻影就消失了，屏幕完好无损地愈合。

　　"世界末日来了，怎么办？"屏幕里的虚拟女神仙后张开红唇问我。她只是个特殊设计的影像，会和每一个面对屏幕的人产生感应。对她的心灵感应愈强烈，就愈深入她所在的无限广阔的世界。

"我就去寻找答案……生命就是一场寻找意义的旅行。"我的想象力像鼓起的风帆，拽着自己进入太空时刻。我仿佛从这个世界消失，去往无限的时空。说实话，世界末日对于我只是勾起一种不安的情绪，它就像过去、现在、未来的时间的流逝一样神秘。

如果真的有末日，那么，人存在的意义是什么？筋连筋，骨连骨，这一刻的时间连着下一刻，未来却没有方向。爱因斯坦对于时间的理解也不知道是否准确，在他那里，时间不只是物理形式的，还牵连着我们的感受，它经常会给我们两个选择：好心情或坏心情，而我总是选择胡思乱想……也许宇宙不只空间、时间的维度，还有精神的维度。

屏幕里彗星如光束从太空中接近过来，仿佛要撞击我们的星球。我忙后退，这种条件反射，吓了我一跳，像是证明我患了严重的电脑依赖症，连虚拟时空和真实世界也分不清了。

时间就是杀手，每一个刻度都陈列了无数正在或已经逝去的生命。

什么时候会是我呢？

A 想去往太空

在数字化时代,科学家们称:"世界就像一台电脑。"你有没有看过蜘蛛织网?宇宙也许就如同蜘蛛网。你站在地球上,感觉自己很渺小,地球很大。但地球在宇宙中却更渺小,因为宇宙无限。你又有没有想过,无限的时间和空间又都可以浓缩在电脑里,也就是虚拟时空。

如果不是这样,我们为什么能在电脑里看到任意的空间?无论是地球还是外星,周围的社区还是遥远的国度,以及时空的穿越、切割或扭曲,从这个时空到另一个时空太容易了,古今完全没有隔阂。经电脑演绎的宇宙或我们这个星球,更增加了神秘感,但更直观,万象纷呈,和真实的世界一样变化莫测。所以,世界就像一台电脑,在数字化时代是成立的。不同之处在于,电脑世界是纯粹的信息世界,没有时间和空间的阻隔,超越了时间和空间。

我们似乎兴奋地沉浸在一个伟大的时代。尽管眼前这个时代还有各种各样的问题，譬如潜在的战争、环境污染严重等，以及天灾不期而至……外部世界常常令我们不安，但是不再像从前那样，使我们混乱或恐惧。所有的人都在通往信息世界的大道上。如果要说迷失，那是因为庞杂的信息比森林还要复杂交错。

数以亿万的人现在正接触这个信息世界互相传递的消息。

而我从小就渴望从旁观者的角度，去观察我们这个星球上发生的一切事情，上自猿猴甚至更早的时代，那时动物为蒙昧的意识所驱使，直到伟大的变革到来，开始能够用理性打量它们生存的环境，从能使用工具到能创造出超越他们自身能力的机器，不能不说是一个奇迹接着一个奇迹，但我们似乎并不比野生动物们感到幸福多少，真令人纳罕呢。可惜似乎没有一个动物学家或社会学家关心这种问题！

房间的门被推开了。突然闯进来的声音像电视插播，让我从另一种思想状态中切换回来。

"啪啪，拍死它，噢，真恶心！它可能在卫生间或下水道里爬过呢。"异国来的网友也莉盯住电脑屏幕上的蜘蛛，模仿蜘蛛侠的动作，紧张地叫道。她是室友阿睿在社交媒体上认识的泰国女孩。我们同租一间公寓，他在上学，而我已经工作。相比而言，我的生活更平淡乏味，而且早过了和女生一起蹦跶的年纪。随着年岁增长，时间对于我意味着更多的压力。

蜘蛛向屏幕上方爬去，看上去几乎要爬到大白墙上。

"傻瓜，这是假的，电脑设计的。"阿睿一眼看出，如同盒子的屏幕里爬动的蜘蛛是虚拟幻象，"看来你要喝点象粪咖啡醒醒脑。"这是她为他带的礼物……我似乎嗅到热带生态的自然气息。老天，这可是创世纪以来，从未有过的连接，仅凭网络电缆上的交流，她就为他带来她那边世界的土特产。空间距离完全不成问题了。

电脑以假乱真的效果越来越惊人，让我感到振奋，这里面的世界很奇妙，能让任何人置身于和现实一模一样的场景中。我是个网络游戏设计者，目前的项目是开发"死亡星球"的游戏。

没有人知道死亡发生在何时。奶奶打算从乡村到城市来看我，临行前提了鸡来探望，没想到因家禽难以管制被长途公共汽车拒载。后来这趟车遇到暴雨天翻车，死伤不少人，奶奶却幸而没事。我不知道是悲是喜，死亡离每个人都很近。

有个同事甚至在电脑里给自己设计了遗照，并写下墓志铭："世界不是我的，但生命是我的。当我的生命结束，世界和我再也没有关系。"或许保险公司尤其乐于看到这样的话吧。

我有一种说不清楚的烦恼，因为工作压力，我从来没有像现在这样抑郁或是沮丧。没有和美女谈恋爱的资本，也没有很多朋友，可悲的单身男人，就像是只能和电脑匹配的野兽。如果城市化是人类文明的终结形态，为什么我尚未感受到身处其中的幸福？

"这天气，乘飞机没事吧？"我问也莉。她从另一端的城市来，在十几岁的年纪，我像她这么大时，不敢坐飞机，想象力太丰富的人总是胆小。

"我看不清外面，只记得起飞，降落，出去一片昏暗，我以为到了晚上，原来是莫奈画作里的城市。"她这样形容灰尘下的城市，令人叫绝。

不可否认，我们到了一个新纪元，星球上所有的人"近在咫尺"。借助社交媒体，数亿人在同一个网络中，使得从前人类所有的公共广场都逊色。这是有史以来最伟大的变革之一。但是，更大的危险也从未消失。世界也许发展到某个顶点就戛然而止了，像很多到达鼎盛的文明，物极必反。

公寓的房间给他们见面后，我走入沙漠般昏黄的天空下，也不知道去哪儿。过去常想去旅行，但从来没有如愿。且不止一次希望能到达另一个星球，然后从它那里看着这片土地。做了多年的地球居民，我总是感到太孤单了，和很多的梦想有一种不可测量的距离，常常会像夏天里的小孩子一样，对着天空里的月亮和星辰，产生莫名的亲近。

外在世界越发黑暗得令人思索。天空像屏幕，蓝得发紫。遥远的天际线淹没在紫金色的气氲中。一个人站在夜空下，凝望着苍穹，风穿过我的衬衫，肌肤好像连绵起伏，这时，最渴望对过去或未来漫长的世界的发展，有更深一步的了然。

过了一会儿，有一束光进入我的眼里，把周围的高楼大厦映亮，越发显得我孤单了。夜的孤独气息散发开来，我形单影只地站在大墙之下，两边楼栋的墙壁向我夹过来。顿时觉得自己如同马路上的流浪狗，差别是上帝把我雕刻成了人形。

然而，什么也没发生，只有一些烈焰般的红光，在远处的天空中闪耀，好像前进的火车。我的生活乏味得像是无论外部世界发生什么，都不足以引起我的惊奇。

天更深蓝时，我已经看不清路面，赶紧钻入出租车内。

"你要去哪里？"司机问。

"公司。"我犹豫后回答。

"哦，是吗？你们该不会是24小时工作制？"他的幽默很冷。

"呵呵，我又不是地球。"

自嘲之后，我开始清楚总感到孤单的原因，在天空下面，除了工作，我没有别的更想去做的事，就像读书的时候，学校是唯一熟悉的目的地。

我们的车很快像蚂蚁一样融入夜色中。到了公司，出租车开走，我乘电梯上楼，按密码进入办公室，这是我唯一不需要钥匙，能随意进入的技术宅区，也是我最享受的地方。

"亲爱的！"开机后，电脑里的屏幕女神向我打招呼。

游戏界面那虚幻的光和我的眼神交汇。

我似乎感到既兴奋又紧张。尽管她有着难以置信的美丽，像希腊女神一样完美的脸庞，西方美女的身材，东方女人沉静温柔的气质，埃及或巴西美女的性感，眼睛就像流传千万年的宝石，神光熠熠，嘴唇像涂抹了红润甜湿的樱桃汁，穿戴美丽藤草编织的仙女装束一样的衣服。但是，她的完美更加衬托出幻想的空洞——她如同是我追求的梦想！

"你好！"我对她温柔地笑。

然而，她冷若冰霜的样子，就像冬至时的阳光，让人渴望触摸，却又害怕她毫无热度。我给她起名叫"仙后"，仙后座是传说中和北极星一样美丽且重要的星座，在天空中形成 W 的形状，仿佛美人的手，拥抱着幻想爱的我。

我面对游戏中的她，深感被吸引和召唤。她并非空空如也的符号，而是令我憧憬的幸福。我一直努力接近这个目标，就像从有记忆以来我为之奋斗的梦想。可是，随着时光的前进，我越想抓住它，它好像离我越遥远。

幸福，这是我生来要追求的，不是吗？当我还是个孩子时，我就知道要不懈地追求，要赢得成绩，否则会被讥笑，被排斥，甚至被周围人都看不起。哦，我是多么小的年纪，就领悟了梦想是人生最好的伴侣，幸福是我们努力的目的地！

　　周围的机械环境，和我内心的浪漫情绪格格不入。一个人享受没有任何监控的工作时，感到最平静。

　　W星座在我的脑海里，仿佛是从我心灵出发的一个射线，让我看到世界除了时间、空间，还有别的维度，和我们未知的命运始终相关联。

　　突然，游戏中的电话语音响了。

　　我想一个人待着，但那个声音响不停，好像渐渐蔓延到我的周围。我不能逃离这种声音，于是连通了电话。

　　"嗨，我是美美，这里是游戏空间吗？我好不容易登录上来……"是个年轻女人的声音。

　　"是的，谁都可以登录上来，根据时空定位系统，置身在世界上的任何环境中。"我回答。这个数字化时代的虚拟现实软件尚未完工，就被尝试投入市场中接受判断，它简直是革命性的发明。使用这个游戏，就可以帮助人亲临虚拟现实环境中。

　　"所有人都可以吗？"她好奇地询问。

　　"嗯，所有人都能连接到这个游戏！我也是！"我在她眼里似乎是无关紧要的人，是所有人中的一个，扮演着信息传递人的角色。

　　"喂，这个时候，是不是有成千上万的人，能亲眼见到飞碟到来的实况？"她没完没了地问，见我不知所云，才告诉我，"亲爱的，我刚才在城区郊外拍电影，你猜我看到什么了？空中飞碟耶，就是U、F、O，是真的！圆形的，发出金色的光！天啊，它像个建筑物那样轮廓清晰，我总不能不相信自己的眼睛吧……"

　　我也激动起来，无法再平静。

天啊，我不是一直希望到太空中，去观察我们这个星球？当我会仰头看向天空的时候，这种感觉就产生了，像地里长出嫩芽一样自然！在我十来岁的年纪，我就渴望能遇到带我离开地面的飞行物，然后我就能从太空看着我们的星球上的一切事物，我有机会发现人们都在追求什么，还是只是简单地行使自己活着的权利。我甚至相信这种发现将解决我迄今为止的全部的人生困惑，对我的价值远远超过了爱因斯坦的相对论。

"你是一个人吗？"我问她。

"假如不算车外的人，就只有月光陪伴啰！"她很会撒娇，声音撩人。车载智能系统也可以连接到游戏中来。

一个人，一个人呀……我现在有了一个机会接触"美女"，这不是在幻想，不是登月，而是那种摸着梦想的边角的感觉。我总是很孤单，从我是个孩子时开始就很孤单，因为他人的存在并不是为了陪伴我，他们总是有自己的事情，包括父母，而我也不常常被理解，星星不属于我，天空不属于我，这个星球也不属于我——我总不能跑遍世界的每一个角落。如果我不在这个世界上，似乎谁也不会因为我而缺少什么呢。不是吗？

"那我来看看你吧！顺便看一下飞碟！"我竟浮起艳遇的幻想。从游戏中接触，我们没有任何空间的阻隔。不知道电话语音那端的"美女"到底如何漂亮，是不是模特身材。但我有点羞惭，成功的男人没准这个时候在打高尔夫球或接见重要人士。

我在游戏中去见她时，看到她开着的银灰色小车的上空，果然飘浮着隐隐发光的物体。

模糊的夜色下，我看不清它的轮廓。天空透着黑蓝色，很像电影院里影片结束后银幕的光感。黄色的月牙像美女的脸庞，白亮的星星垂在蓝色的天幕里如同巨幅海报。

"看见飞碟没有?"美美停车之后,走过来朝我挥手,忽然惊愕地站住。

我和她四目相对,银光在她身后,她像个流动的视频发出声音:"是不是有谁持枪指着我,为什么我动不了,我的腿,想迈开却动不了……"她的脖子扭动两下,好像被蛇咬住一样。

我很怀疑是发光物体的磁性吸住她了。美美穿着红色性感的衣服,近看时脸白得像 A4 纸,她身后那个发光的物体也越来越亮,渐渐地将她吸进太空舱中。

"不要把我带走,听着!"美美发出警告的口气,似乎感到惊恐,大喊大叫,"为什么要绑架我?你们这些太空中的垃圾!你们是夜间正在遛弯儿的外星人吗?"

生命中没什么是确定的。

在她的背后,是宇宙的深邃和永恒的星辰,深不可测。这一瞬间,我竟然害怕从地面消失,我还有很多梦想,我有时间有权利去实现这些梦想。离开了这个星球,我还能做什么……完全不是我之前想象的非常非常渴望进入太空!

但是,我真的很想从另外一个新的角度去观察我们的世界。这想法太诱惑我了!

越发深蓝的天空下,云雾遮挡,什么也看不见。有点轻浮的感觉。我的身体像是"出差"了,不属于我自己。头脑里还回荡着"我还有很多梦想",就被吸入悬浮的碟形的舱体里。

"怎么了,我明天还要上班呢!"此刻我还在思维惯性之中。

"你,不会生来是为了上班的吧?"她咧嘴问。长长的眼睫毛后面挂着一张戴着面膜的苍白的脸。

被美女嘲笑,让我很不自在。但她的声音确实像在嘲笑!

"不是,我生来是要寻求……很多的感情、很多的荣耀……还有很多的快乐。"每当我这么说时,我就有一种找到自己的感觉。

我的身份就是我自己,而不是职员。我激动地说:"一个人一生总要追求些什么,要不然就是行尸走肉。你不是这么想的吗?"

我看见她时而摇头,时而点头。

"别问那么愚蠢的问题。我告诉你,除了钱,我什么也不追求。如果有别的追求,那就是我希望每天能睡觉到自然醒,总是漂亮的!"她对自己的想法似乎十分确定,有一种让人无法抗拒的强势,"我明天还要拍电影,但是这个比拍电影更过瘾,至少我不必告诉自己要成为谁,必须说什么话……完全成了'独一无二'的自己。这不就是我一直以来希望的!"

"哦,请问,你脸上的面膜为什么没掉下来,质量真不错?"这种问题实在太傻,我刚意识到,就后悔开口了。不知道我在她眼里是不是呆板无趣的人!

我从小烦恼的问题——为什么一直交不到女朋友——似乎有了答案。在女人面前,我总是有些自卑。也许是因为我缺少让我自信的东西,而那些东西是她们想要的,比如说出众的外貌、才华,或是财富吧。

"讨厌!你的智商级别可能是零!"她试图用腿踢我,然后,挣扎地爬起来,"我还能活动耶,谢天谢地,吓死我了,什么鬼?我早就跟导演说拍科幻电影吧,他还拒绝说科幻电影只是想象,并无现实的基础,现在知道了吧,不了解外星人,就会成为他们的俘虏!"

"你说得对,人们迟早要迎接这个世界的观念的大变革,地球文明会发展成宇宙文明，那时人们对世界的看法，不知道会不会从狭窄的经验中走出来。"我似乎坚信总有这么一天，会发生某种变革，比从旧石器时代到新石器时代的变化要更大。

当我从悬浮舱往外看时，地面被广大的漫无边际的黑色包裹，只有一些或隐或显的遥远的光线在靠近。太空比我们想象的要大得多，更神秘莫测，地球和它比起来微不足道，仿佛只是一个正在喘息的球状固体，供人类居民生存的聚集地，有很多声音在它上面说话，激动地索取什么。

对我来说，今晚很不一样，但这正是我想要的。我喜欢看着人们睡得很死，而我却闲着。时间这时就像熟睡的杀手。我也忘了自己的年纪。

从小那些常占据我心灵的孤单好像在释放。

我在最好的角度观察我们的星球，并时刻准备像个摄影师一样把地球的核心图景反馈到那里的居民，包括两极和一切山川、河流，因为它们就是地球的表情，是人类从现在到未来变迁的基地。嘿嘿，但愿不要发生空难，否则我宁愿选择之前平淡乏味的生活……好吧，我承认一切都有可能，甚至有可能和我身边的这位……变成世界上最后的男人和女人。

离开地面，这大概是最好的机会，让我重新打量我自己是谁！尽管未来无从了解，但我仍期待有种属于人类的幸福随时降临。

B 陷在机械生活

"喂,我是谁?"

我对着天空大叫了一声。就社会功能而言,我只是个普通职员,无足轻重,在不眠之夜讲自己某种奇特的境遇前,我先说说自己平日的生活,我用一个自创的词,来概括这种生活——"生活冢"。

它并没有那么费解。譬如,我们一天的生活,到底要做哪些事呢?早起,漱口,吃早餐或有时不吃,挤公交车上班或来不及时坐出租车,上班第一件事是打开电脑,一直到下班,回家后仍是接触电脑或手机屏幕,直到关机睡觉。很线性的生活。三百六十五天,我大概有三百五十天这么度过。另外的十五天我可能交给医院或出差。我甚至连走路也习惯走在人行道的某一边,如果和女士在一起,我会固定走在她的某一边,而不愿改变自己到另一边去,也许这就是人们常说的机械,用我的词是习惯。

我常想象,自己的生活,仿佛是一条自动化的链条,一天从早到晚都在这个链条的时间刻度上,链条犹如机器转动,拖着人由生到死。

这其中生活内容唯一的变化,是和工作有关。某个项目,领导通过了,我们都去执行,忽然领导又说不行,这个提案否定,我们再去执行下一个项目……目前我能想到的,就只有这种变化,会让我几天都处在低潮的心境中,快乐或愉悦的变化却几乎期盼不到。涨工资?那是一年只有一两次的事,而且幅度微乎其微,甚至比不上物价的增长速度。

世界上所有的自然灾害,只要没和我发生关系,都不会影响到我生活的一丁点儿变化,无论是臭氧层被破坏,还是温室效应,冰川消融,或是最邻近的地震。

我听到最多的话是,领导板着面孔说:"赶紧去把这个项目完成,这是今年的任务。快,很着急!"很抱歉,我的耳朵都听出茧了,后面的话已了然:"我们要保证公司经济的年度增长率"以及"时间就是金钱"……世界上最大的谎言,也许就是人们相信自己能控制时间!

当然,领导阶层——所有的管理者都是这样,最讨厌"不确定因素"。如果下属不能按时完成任务,他们就会觉得你犯了不可饶恕的错误。为什么要效率?我们生活在全球化的世界,出生后就要面对数十亿人一起竞争,为了生存竞争!不久前升职成为项目经理,所有人都来恭贺我,但我在一阵喜悦之后,却发现升职意味着更大的压力,我必须催迫着项目组的其他人,在规定的时间内,协力完成这个任务,否则我的奖金一分也捞不着,这就是升职的"好处"。

外部的世界快速变化,猪肉身价剧增,白菜一日千里,自己的生活却一成不变，掩埋在日复一日的单调生活中。渐渐地，我上班不用再打领带，内裤也不记得及时洗，好像手表上的秒针，一步步走向下个刻度。噢，手表也不用了，取而代之的是数字屏幕上的日期变化，提醒我，离我完成任务还有多长时间。

我和火炉里的燃料没有什么区别，在给时代的经济当助燃剂。钱，时间，这两样东西现在对我最重要。

这种生活容易让人变得冷漠。烦恼时，我总是觉得，自己生活在一个大大的冢里，死气沉沉的，缺少新鲜轻松的改变。开放的变化向我关上门，链条化的封闭人生像是宿命缠着我。如果有人想问我，我是谁？我大概就是社会运转中的一个"稳定因素"。

我想换到另外的空间，尝试别的生活，至于结局，总是只会有一个，那就是死亡。

"如果是我，日复一日，天天如此，我可无法忍受。这是我见过的最可笑的事情，人们觉得工作是理所当然，每天循规蹈矩，按部就班，无聊死了！这就是你追求的吗？我看你的黑眼圈，就是你们这群人的专属标记。比起树林里的猴子，你的生活符合退化论，呵呵，虽然经济和时代一直在飞速发展！"美美冷嘲热讽，极像我哪里出错了。"人到了第25世纪，还是这样的吗？"

"那时，也许蟪蚁是地球的统治者，没有人类存在了。因为我们过于操劳，对这个星球伤害太大，以致把它又变成了荒原。"我擦了擦眼角，好像在看一部人类导演的荒诞灾难剧，苦笑地说，"你也很疯狂，大黑夜独自开车，撞上了这个感应式的超强磁场的怪物，不知道它是不是被你的美色所迷？"

"不是它磁场强，是我磁场强！"美美摸着碟形机械体的内部，兴奋地说。她看上去比我更有激情地活着。"我喜欢男人渴望见到我的感觉，尤其是那种见到我时，眼神放光的感觉。拜托，人要充满渴望，才活得有意思！"

"你就不害怕吗？莫名其妙地从地球上消失。"我问。

尽管这是我期待已久的时刻，但是这一刻，却让我感觉像掉在了爱丽丝的兔子洞里一样，时间、空间这些元素像和以前不大一样了。

"消失了？那我是谁？水蒸气还是云彩……"她打量着自以为姣好的身材，瀑布一样的黑紫色长发被她撩起来飞扬。

我慨叹："我不害怕不期而至的死亡，譬如，突然遭受枪击、撞车或恐怖袭击，但是很害怕每天的日子会永远一样，好像没有头的。"

"想想司机和厨师吧，日复一日的，比起他们，你的工作，简直就像在艺术馆。"她说得似乎有道理。地球每分每秒都在按周期频率震动呢，那它岂不是更无聊！

是的，除了停止抱怨生活或事业方面的问题，我还要换一种思维才行。比如把地球想象成一个生命，它也不能随心所欲。

听见厨师两个字，我就像是饿了或是渴了，手陡然痒起来，近乎条件反射地想按键盘，点外卖餐。不一会儿，碟形飞行器的视屏门打开，一道橘黄色的光穿进来，两位穿着宇航员衣服的太空人把我们拖向另一个动车似的空中交通工具里面。

"你们是谁？我不相信你们是外星人，外星人哪有这么像人呀！"美美尖叫。

动车的自动门关上后，我睁开眼睛，柔和的光波里，宇航员把帽子取下来，对我们说："别大叫，刚才只是个试验，那是模拟载人飞行器，在空中试飞，我们通过它听见你们讲什么退化论，感到惊骇。人类的宇宙航天技术越来越先进，不断扩大我们的生活空间和视野，你们的心灵却越来越狭隘……"

"我差点以为是自己好看，被盯上了！尽管我宁愿被广告商盯上！喂唷，你们这些'科学家'，对我这种毫无名气的人也会感兴趣？"她的样子，好像一切都是他们蓄谋已久的。

"那我更是默默无闻的无名小卒，就像一个有灵魂的机器！"我自嘲，指着蜿蜒曲折的交通工具问："这是什么？"

"空中悬浮银河动车。这是最新的发明，哦，这可是重大机密，不要轻易对外泄露！"宇航员个子虽不高，却用一种平静稳定、有条不紊、一丝不苟的语调警告我们——而不是像我们总是心急火燎的，声音像是情报工作者的口吻，"这在我们的工作中是犯罪。"

我幻想也能见到空中轨道和飘浮城市，它们和悬浮动车组建成伟大的银河系工程。

"除非……到处去吹嘘对我们能有什么好处，"美美狡猾地，且媚笑十足地说，"否则我们就不会给自己惹麻烦！你们可真有力气，我刚才腿都软了，被你们像兔子一样拎进来。"

"不，肯定不是当你们是兔子。"两位宇航员也很幽默，习惯对发生的事情无比精确，说话直截了当，毫无波澜的声音，就像被抽掉了情绪的人，"你胆子也很大，换了一般人，早吓得一直趴在动车地面。"

"趴着？我们又不是猫猫狗狗！你们的空中动车不就是火车加飞机嘛，有什么奇怪的，看上去，平时曝光的飞碟，原来都是模拟空中飞行器啊！"美美用一双戴着美瞳的眼睛瞪他们，露出急切的神色说，"那请把我们快送回到地面吧！我想见上帝的愿望，还不及吃一块汉堡,喝一瓶满是泡沫的啤酒,甚至去一趟卫生间!"

"等会儿,过了住宅区后……你们可以待在里面,观赏外面的风景,我们的银河动车正在飞行中,它是用隐形材料制作的,从外面看,只能看到像飞机一样的信号灯。"两位宇航员在动车内来回走动,检查系统,观测平衡性能,戴上耳塞,好像列车服务员一般。

"他们是空中警察吧?我们会不会被劫持了?"她坐立不安地问。

女人更容易对什么都怀疑。还是和我一样担心失去自由!

"不知道。"我回答。

我不知道的事情太多了,比如时间、空间等,还有我到底会为了什么真正激动?

我看着外面的世界,一会儿是红色的天空,一会儿黑乎乎的什么也瞧不见,大概是和动车外的红色信号灯闪烁明灭有关。视野更开阔,那若有若无的大气,高低起伏的山川灯光的景致,恍惚存在于远方的象牙白的地平线,上帝鬼斧神工的手雕刻的丘陵田原,令人油然生出一种和大地共生的幽然苍茫的情怀。

想更贴近看时,脸却贴到了玻璃内壁,不禁摸摸鼻梁。

这一刻,我好像看到了上帝在地球上工作的影子。回想起之所以害怕那种日复一日的生活,是渴望找到在这个世界上的存在感,哪怕这种存在投射到地球上的影子,只是像一棵路边的树权。真的!

难道我们不遵守社会时间行事,就没有存在感了吗?

美美衣服上的香水,差点让我打喷嚏。我神思散漫之后,又集中到当下,此刻真想得到那个飞行器……呵,太空飞行可是我从小的梦想!

如果能在天空中看地球,那是多么好玩儿的事情。

可是，跟着宇航员这样的"空中警察"，我只能感受到无边无际的空寂。

"我们要是乘着空中飞行器进入街区，那就太棒了！你看过电影《第五元素》没有？太刺激了，坐在极速飞碟里，四周都是梦幻街区，真是梦寐以求的情景！那是未来世界的样子吗？可是我不想等到步履蹒跚的时候，才像我想象中的那样活着！"她靠近我耳边唏嘘。

她想要干什么？想要一个能带她到任何地方的"座驾"吗？

"偷……呵呵，我可是合法公民！"我的心狂跳，但还是忍不住说出那个令人发痒的想法。

"无论如何，应该去尝试一下嘛。那个碟形飞行器的操控柄就在宇航员的衣服里，我眼神很好，刚才他们摆弄时，我看到啦！机会千载难逢！哦，我忘了你是个循规蹈矩的家伙，只会发发牢骚，不停地抱怨，你有梦想吗？要是有梦想，没有冒险精神也没用，就像螃蟹没有钳子，怎么走路呢！记住我对你说的，人想要成功就必须要像小偷一样，不断地寻找机会。"她自己笑了起来。

我果然受到刺激，和美美交换眼色后，她去问宇航员："喂，有水喝吗？"

一个宇航员走到银河动车尽头去取水，我站到另一个宇航员后面，趁他躬身时，将我的房间钥匙上的金属钩，伸进他的口袋，本想浑水摸鱼，探囊取物，那个特殊设计的操控器可能有磁力，自动贴着金属钩出来。我赶紧拿在手中，很紧张地走向美美，像喝醉似的靠近她。

我要学会忘记"我"是谁，才能做点什么。这真是奇怪的发现！

"天哪，这是怎么呢！我要离开这里，你们三个，加上司机，都是雄性动物,我很没有安全感。赶紧把我送回地面去吧,我不适合这种单调冷清的旅行,没有音乐也没有电影……"美美虚张声势地大叫,假装害怕。她的声音在银河动车里,实在是显得太吵。

宇航员都是严肃的技术人员,他们的工作需要慎重,绝对不能被外界的声音扰乱。把我们送到地面后,他们又叮嘱,"我们在检测世界各地的自然灾害,这是一个秘密的工程。你们别泄露出去!我们还有自己的工作,再见。"

"知道啦!你们就当我们俩是两个聪明的机器,会服从命令!"美美等宇航员离开后,问我:"钥匙拿到了没?不,操控器。"

我点头,总算没有被她蔑视。

"你检查看看,他们有没有在你身上安置窃听器?"她看着我的衣服。

我担心地说:"那赶紧还回去吧……"

"胆小鬼就是胆小鬼,不改本色啊!"她拍着我的头,安慰我这个笨蛋。

终究还是被她藐视了。

再抬眼,天空像电视屏幕般离我们近。

这真是令人兴奋的事,操控器被我拨动时,那个模拟飞行器随着感应而来,圆形的扁平机械体对着我们旋转后打开,像迎接勇士一样。凭可以操控的飞行器,我们不知道是否能去往任何地方,这个星球上,甚至太空外?尼采好像说过,对待生命,你不妨大胆冒险一点,因为好歹你要失去它……为什么不呢?

"我们要在银河动车赶上我们前,到所有城市去逛一趟。"美美貌似比我更激动,"我们要看遍街头巷尾的繁华景象。赶快!我们没有太多时间……一生也许只有这一次机会！"

"我对快餐文化的集中地不感兴趣。逛街，对于我像坐牢一样。"毫无疑问，给我选择的话，我更渴望冒险去往太空。

一切过眼云烟的景象都似快餐，永恒的只有宇宙。

"噢！你真是一个奇怪的人。你到底在追求什么呢？我们在地球上，只有一次生命，要好好享受老天给予的一切，而你却放弃这个权利，像梦游一样，对最享受的事也心不在焉！还是你不懂得放松呢？可怜人！工作狂！机械人吧！"美美阴错阳差地挖到了我孤单的病根，"如果人在办公室里过一生，那和在囚牢里过一生有什么区别，都是面对大白墙！"

在她眼里，我好像是不懂得人生应该快乐地度过的囚徒。我回想母亲也曾经常批评我："不要总是待在房间内，出去和小朋友玩，你不可能通过幻想就得到全世界，垃圾都有自己存在的价值，何况你呢！"

当开启飞行器，我瞥了一眼外面的世界，仍想要温和地劝她改变主意："天很快亮了，如果到了白天，被人发现，会堂而皇之地公之于众。要不去往太空，看看宇宙的情形。"

"不要！那有什么好看的！带着我去城市中心，我要在摩天高楼中穿梭，像乘着私人飞机一样。"

耳边受命于这个更强势的女人，我只能推迟自己别的想法。哎，太熟悉这种总是不能一如己愿的感觉，人生就是怀着美好的理想挣扎啊！尽管总是被她讥笑，但是未尝不能在她的刺激之下，尝试一下例外的行为，就当是放松自己，释放压抑的情绪。

俯瞰那朦胧的黑暗的球体，我知道它所包容的一切时间、空间的要素，无法解释我们生命的神秘性。它只是物体，也会消亡，分裂成更小的物质,在宇宙中重新聚合。

　　谁在指挥这些变化?谁在指挥我们的生命?

　　这一瞬间,我更清晰地意识到我也是全球性的生命之一,我也无时无刻不被包裹在这些变化……时间、空间的变化中!

C 进入时间的维度

随着天光渐亮，望远镜的影像显现的外部世界逐渐由模糊到清晰。坐在飞碟里，像公共汽车那样穿过城市，街头巷尾的建筑不断像三维电影般呈现，像花朵一样在我们面前迅速地绽开。世界无比巨大，一切都飞快逝去。这真是世界上最酷的游览车呢。

我第一次直接感知时间，就像它是漂移的空间，不存在什么过去、现在、未来。

我并不知道自己想要去什么地方，当心没有方向，即使抬头看天空，也不会感到自由。平时，也许我不喜欢热闹市区，它让我想起工作、汽车、加油、尾气、堵塞等让人纷乱如麻的东西，好像人体内的疝气。城市化之后，我们还有什么？但是此刻，看到世界像个魔术师的盒子打开，我反而感到从未有过的平静，如同开始一段奇幻旅程。

"我好像听你说，几个世纪之后，地球上的人类就不存在了，这是真的吗？"她的疑虑，和我眼下看到的复杂细密的城市建筑工程，形成一种奇怪的对照。

到底何时是末日？时间的概念又闪现在我脑壳里。现在的一切不可持续了，终结之时就是末日。它还是和时间有关。

"我的迷惑不下于任何人啊！活在这个星球上，我最想成为探险家，去往世界的每一个角落，参观每一个图书馆，想知道有没有关于这个问题的任何考察和记载。如果过不了几百年，我们人类就会消失，现在我活着的想法一定发生翻天覆地的变化，我会不认为拼命地工作有多重要，人类还是应该抱在一起，共同治理，解除潜在的巨大危险。"我恍惚感到自己在成为勇敢的探险家的征途。

她似乎没有听懂。"哈哈，抱在一起？只有相爱的人，才会抱在一起。人和人之间只有利益纷争，除非世界只剩下一个人。"

"但是，人类抱在一起，把世界建造得如此美丽和神奇！"我似乎听到了人的声音通过建筑在说话——很难想象我们不复存在，但是看见那些黑色的烟囱，越来越少的森林，遭污染的土地，不新鲜的空气，我有一种所有人类在准备消失的感觉。

在很小的时候，还未离开童话书的年纪，我的这种恐惧就出现在生命意识的列表中。那时，我强烈地渴望从另一个地方瞭望我们的星球，等着看它的危险来临，过去了后，再回到地球。

我甚至偶尔会问老师："世界末日来了，宇宙是不是会大爆炸？"

"那天来了，我们都不在了，有什么可担心的！"他回答。

"我担心娶不到老婆……"彼时我童言无忌。所有听到的大人和小孩都笑起来。

美美发出可笑的声音："你真是笼子里的动物，活着就是为了工作，结婚，生下后代，不管人生抓的是一副好牌还是一副坏牌！如果世界末日来临,我就什么都不想,完全自由地度过一天,哪怕只有一天,不管是否所有人会一起死去。那一天……就像今天一样,是自由的一天。"

自由在召唤我们,像超市里的商品。

但我的困惑仍在时间,世界末日难道在某"一天"降临,某个24小时之内吗?宇宙或地球会在1440分钟还是86400秒内毁灭?我的逻辑真是不够严密。比起爱因斯坦差远了。不过他说时间就是一种感受,有时感觉过得快,有时感觉过得慢,全看参照物是什么。这么说,时间不完全是机械性地按照固定节奏的变化,像钟表那样。

时间就只是世界的一个维度,是动态"变化"着的空间而已。万物都有生、老、病、死,也许时间就是变化着的生命。

我们乘着飞碟回到我住的地方。晨曦之中,我叫醒了睡眠中的阿睿,带着他和也莉到了飞行器里面。游戏中的环境能模拟现实环境,只要空间定位准确,就和现实环境并无二致。从他们鼠标箭头般游移的目光,我知道我不是待在洗衣桶里面,而是乘载着火箭般荣耀。

当更多的人在一起,望远镜里显现出外面世界的白云、鲜花、草地、树木等影像,飞碟就像个移动的房子。

"这是什么?没有电会不会掉下去?"阿睿猜测,这是游戏公司投入多少费用设计的。他看看美美,然后笑道,"哈哈,交新女朋友了,竟然一点儿也没透露。太惊喜了!"

"惊喜什么?"我问。

"如果只有你一个人,我以为你要去过鲁滨孙的生活。"他说。

"鲁滨孙?鲁滨孙是谁呀?"也莉问。

美美不知道她是外籍人，和我们存在语言翻译上的不同，就惊讶地问："你是地球人吧？还是只是长得像地球人？"

"他是18世纪的人，一个人在荒岛上独自生存。你们能想象一个人在别的星球上生存吗？那可是我的梦想！"我的鲁滨孙情结发作。"哦，第100世纪的人类，不知道还存不存在！不过，我们有没有可能活到一万年后，还是个问题，地球现在的环境就不堪负荷，到时候，只有移民到其他星球去。"

"无所谓，那关我们什么事呢！大部分人的生命，再长也不过一个世纪。"阿睿显然对操控器更感兴趣，就像每个人看到一生中最渴望的东西，"但是呢，我宁愿活在将来的世纪，那时候什么都自动化了，我们可能只需要一个按钮，就得到我们想要的一切。"

"所以，我迫切想要知道时间的秘密。"我耸了耸肩膀，"像24小时就是日月星辰的位移形成，宇宙必定藏着很多更深的奥秘。"

如果时间就是永恒变化，也没有时限，那么，时间好像也没有什么意义！如果时间没有什么意义，我们现在发愁的过去、今天、未来也就没有什么意义吧！如果过去、今天、未来也变得没有意义了，那我们的追求，无论是名利财富，还是家族延续等等，也都会变得没有意义。那我们还要忍受机械般的生活吗？

关于时间的探索，让我感到非常有趣……时间毫无疑问是宇宙的很重要的维度，这是因为它不仅和我们的肉体息息相关，也和我们的精神紧密相关。

在望远镜的影像中，我们的星球就像个宽宽的向四方无尽延伸的广场，对着宇宙裸露，那些高耸的建筑连接着幽幽的云团星图，好像在诉说什么，四通八达的街道上闪烁着物欲横流，充斥了人类的声音。

"这里应该是时间控制线。"研究了一会儿,阿睿指着操控器的某个按钮说,"刚才我调动它的时候,望远镜上的影像发生很大的变化。太好了!也许我们可以看到第 100 世纪的情景,不过那时,人们的长相可能变得很奇怪,头部变大,眼睛变得更小,因为面对屏幕太久的缘故。哈哈!好像外星人!"

"还有可能,我们彼此将都有心灵感应,因为'共享'了足够多的资源。这样的话,只要我们进入信息公共广场,屏幕就能传递每个人的'心灵影像'。慢慢地,我们数亿人可能共享一个脑袋,我们单个的人渐渐没有秘密可言……"

我并非危言耸听地预测。

人——说实话,我们也不过是太阳系中一团物质,在数万年以前,甚至不存在——这团物质却有巨大的能量,在地球上建造了一批又一批的、无数辉煌挺立的工程,是其他动物不可比拟的。这本身就是宇宙最大的秘密!

当阿睿碰触那个按钮时,外界那团物质环境的确就会变化,各种影像慢慢出现或消失。

"去哪儿?"他问。

去哪儿。我也想不明白。

这提醒我,空间同样也是宇宙中最大的神秘存在之一。

我看着望远镜,回答:"前方无所谓方向,去哪里都可以,但白天不能去闹市,否则被发现,就会曝光行踪,引起麻烦,导致被迫……GAME OVER!还是去公园最安全,隐藏在草丛中或游览车旁,不太会被注意!"

路过到处飞着鸽子的和平广场,我们进入城市公园,停落在充满雾气的密集的树林中。我打呵欠，感到困倦，拖着麻木的双腿，走到外面，然后倒在树下的草地上，拍了拍额头，不顾露水，就睡着了。

恍恍惚惚地，我仿佛回到小男孩的样子，孤单地站着，茫然四顾，一个穿得像白鸽一样洁白的女人，站在我身边问："小朋友，你丢了什么吗？"

我点头。"嗯，我丢了快乐！我不知道把它丢在哪里了。"

她的面貌越来越像游戏中的屏幕女神仙后，让我感到很亲切。

见到她，就像一次期待很久的约会得到满足。

她又问："那你什么时候丢的呢？"

"自从我长大。我长大了，好像快乐就没了。我讨厌读书，讨厌背诵课文，讨厌爸爸妈妈要我完成作业……"

"为什么啊？"她问。

我迷糊地回答道："因为我想玩啦，我想和小朋友玩儿。"

"小朋友呢？"她又问。

我哭了。我感到孤单，"我不知道，什么都不知道。"

"你知道什么是长大吗？"她问我很奇怪的问题。

我摇头。

她这样告诉我："长大的过程就是时间流逝的过程。你一直跟时间活在一起，譬如，你爸爸妈妈催你回家完成作业，你是不是在被时间追着？"

"嗯。我被时间追着，我好像一直被时间追着，所以丢失了快乐也不知道。"

"可是，当你长大了，你的'小朋友'也不见了。"

"是啊！"我茫然若失。

"你为什么要读书呢？"她莫名其妙地问这样的问题，也许这是我潜意识曾有的疑惑。

我抹着鼻涕傻笑，"娶老婆。呵呵，我怕我不读书，娶不到老婆。"我也不知道鬼使神差地怎么就这样回答，大概是想到爸爸妈妈，还有成家立业之类。

"娶了老婆之后呢？"她的问题让我不知如何回答。

我流着冷汗说："然后我会死去，她也会……"

其实，我好像真的思考过这个问题，譬如，老师说，人是猴子变的，我就总在思考，猴子又是什么变的呢？老师又说，读书是为了工作，我又在想，工作是为了什么呢？老师说，我们生活在地球上，我又在想，地球之外有些什么呢？即便我蹲在马桶上时，我也会想这些令我迷惑不解、也许其他人不会在意的问题。

我们一直被时间追着，最后走到死亡，那今天我们这样匆忙地生活，到底是为了什么！

"人的一切行为总会导向某个结果。"这貌似是她对我说的最后一句话，然后她消失了。

当我从梦境中醒来，白鸽一样的女神没了，我不知道那种神秘的形象和声音来自哪里，它就像创造宇宙的工程师，藏在宇宙的深处。

我和她分享了很多秘密。最大的秘密，是她告诉我，我不是一个机器，我有自我意识，因此会有许多心灵影像。

林雾或远或近地遮住我看向世界的眼睛，美美在我耳边尖叫时，我才完全从梦境中惊醒，很快爬起来问："怎么啦？"

"蜈蚣！你耳朵上有只蜈蚣！小心它爬进你耳朵里，你就会变成聋子！说不定它会在那里面产卵，生出很多小蜈蚣。"她一副恶心的表情，拿棍子将它打落在草地上。"好啦，我救了你！恶心的家伙走了！快感谢我！"

"蜈蚣是卵生动物吗，这你也知道？"我其实并不清楚，"奇怪，它们一直在泥土里，也是几千年未消失，就这样生存呢。"

宇宙中最复杂多样的，就是上帝的工程之手创造的这些生命了。

我凝视着泥土中那些爬行在错综复杂的大地上的小生物，暗想，无边大地上，谁在构建我们的命运？还是和机械一样，有个按钮藏在宇宙的神秘力量的手中。我经常听到的那种"奇怪的声音"难道从那里传来？

"哎哟喂唷，世界上不是只有你读过书！"美美感到得意，突然注意到我的脸说，"做噩梦了？还是见到了你的梦中情人？"

我身上仍一直在打寒战，到飞碟机械体里面，吃了几片面包，喝了一盒牛奶，神经才恢复正常。

"呃，她是屏幕女神，我和她的心灵感应越强，她就越对我的意识产生影响。"W星座的影子一直在我的脑子里晃，它是我想要去宇宙太空的动力。

"什么女神？她在哪里？呵呵，你继续做梦吧。你的那位'亲爱的'，根本就不存在。"

我不在意她的那些奚落，当我还是孩子时，我会做各种恐惧的噩梦，如果没有童话里的那些仙女，也许我会更孤单，爱上那个她……要从对她有心灵感应开始吧，这样她才会听到我的"请求"，世界对于我而言，才会变成一个巨大无边的感性的存在。

至于眼前的她？只是比超市女服务员离我更近些。我们之间没有什么，至少迄今为止，时间也许会让我们发生点儿什么"化学反应"，全看老天的意思呢！

飞碟可以载我去往这个星球的任何地方。

说实话，我最想去奶奶那里，她的生命不长了，我十分惦念那行将就逝的祖孙情。生命太短暂，我发现，人一生最重要的是要处理两个关系：一是和身体的关系；一是和时间的关系。

这几日暴雨成灾，我看到火车铁轨下的石头已经被大暴雨冲走，担心会酿成事故，便提议到最近的列车站点去报告一下问题。

"傻瓜，别充英雄，那会暴露行踪！"美美提醒我，"用手机拍摄视频后，发送到社交媒体上去吧。"

我怎么没想到？我忘了网络时代，空间的意义早就和它本身不一样了。

我对空间的看法竟然一点儿也没长进，还整天抱怨生活一成不变。实际上，生活在它看似不变的时候，已经早就改换面貌了。我还在以昨天的眼光、昨天的思维看变化流逝的世界，这不是刻舟求剑是什么？

"手机没信号了。"阿睿说，这里远离地面，可能是无线电接受不到的地方，"早就没信号呢。就算有信号，很快也会没电了。这里面充电的地方在哪里？"没有找到任何储电设备。

我以为不可抗力因素只有时间，空间也是一样。

我发现生命的问题全在于一个，我们只是肉体凡胎，全受到时间和空间的限制。宇宙有什么深奥的，就是它建立的时间和空间的维度，令一切生存在其中的生命，都必须服从。不懂得时间、空间，就没法了解宇宙。

飞碟经过站点时，阿睿沿路对着站台人群大叫，声音震惊了地面排队上火车的人，很多人注意到铁轨下的石头疏松了。这是个大问题，随时会发生事故。

人们停止上车，车停止行进。填石铺路、整顿路面，赶紧地，刻不容缓。

就这不到一个钟头，让我搞明白了一件事：死亡是每个人都要面对的。它不是最可怕的，可怕的是一生都像白开水一样度过，从来没有帮助和拯救他人。虽然不是Superman，但却可以拥有他的人生观。

我吹着口哨，心情乐观起来。

有人生观就表明我还是有人生的。我可不想把自己等同于硬币。一晃儿前，我差点以为时间、钱对我是最重要的，我一定是有病，要不就是我之前所在的时空让我成了个病人！

我们继续往奶奶家的方向去，我想起奶奶把父亲养大，父亲又把我养大，如果我浑浑噩噩地活着，就太不懂得生命的重要呢！都怪领导要中断"死亡星球"这个游戏项目，我费尽唇舌恳求他，再给我更多的时间。同事们颇不理解，责怪我放弃员工的尊严。然而员工——或者说是人——的价值到底是什么？

泪水顺着眼角滴下来。

从有记忆以来，我的意识和呼吸一样重要，我不能对它置之不理。生命就像一场旅程，意识随时会让我们的旅程变好或变坏。

在我感到难过的时刻，美美却似乎聪明起来："世界上有什么值得迷惑的？一切都是要让自己感到快乐，如果不能让自己感到快乐，自己对于别人，怎么会有吸引力！没有人愿意接近不快乐的人，虽然你嘴上不承认自己是'失败者'，但是在别人眼里，你就和失败者无异！

一个不快乐的人,就是大家眼里的失败者……"

我赶紧调整情绪,不能让她把我和失败的人对号入座。

"呵,也许是和梦想太接近了!我一生在寻求的自由,好像已经得到了!"我努力振作起来。

眼前那些时而清晰时而朦胧的村庄,大片绿色原野给我清新的感觉,不像大城市淹没在千人一面的现代建筑中,到处是灰尘和污染,以及数不清的工业垃圾。

"天呀!"我看着望远镜影像中的外面世界,"一晃我还以为是世界末日了。噢,不知道第50世纪,会不会比现在更可怕,到处是化学垃圾。地球上没有一块地方不被污染呢。别忘了,地球也只是个固体,所有的固体都可以被破坏。"

经过地质研究所时,我隐约看到院校里面到处贴着"热爱地球、保护环境"的宣传标语,有些制作成彩色气球飘浮在空中,我们飞近时,我让阿睿用机械升降杆摘取一个,挂在飞碟的蜗角上,旋即离开。有很多学生仰望着头,像是呼喊着什么。我读大学时,也是学校环境保护协会的成员,每次发生自然灾害,成员们四处呼吁,但遗憾的是,为什么总是等到发生灾难之后才关注!

我们还要"侵害"自己的环境家园多久?难道真的要等到发现另一个星球?

"第50世纪……第100世纪……的景象,我们不是可以看见吗?"阿睿想要通过操控器,调动时间线,看到地球千百万年后的影像。

望远镜像万花筒显现外面世界的地理变化,影像缤纷多彩如同曼妙的女人一样不断换衣服,仔细地看,也只能看到历史的抽象进程和地质变迁的物理轮廓,比油画更模糊。

让我最感到疑惑的是,如果我们在太阳系中就像蚂蚁一样,可是为什么它们没有像人类一样,构建复杂变化的文明进程呢!

"太阳系是椭圆形的吗?"也莉问。

"所有关于太阳系的图案都是画成椭圆形的,所以,时间应该是循环吧,但是如果这样,为什么我们还会变老,然后死去,而不是从小孩变成老人,又变成小孩,这样的循环?"正仔细观察望远镜中影像的阿睿说。

对于阿睿的问题,我无法回答。

我还没有聪明到知道前生后世。我敢打赌,牛顿也不知道,多少苹果砸在他头上,他也不会比释迦牟尼在这个问题上更深刻。地球上全部的哲学家、物理学家加起来,也没搞明白。

"这是不是就是佛教说的因果轮回呢?"异国女孩也莉也许是信仰佛教的。

"世界可没有这么简单。"我摇头感叹,"我倒觉得宇宙的时间真是个谜,也许根本没有时间。我们认为有时间,是由于人为地制造了钟表以及制定时间刻度,可是宇宙的时间如果自然地存在,又是以什么为刻度呢?花花草草一点点的变化,我们只能看到它们的枯荣,但看不到'时间'!"

"宇宙应该是有时间的。"阿睿确信地说,"任何星球都像一个美女,总会老去。哈哈,所以,地球的末日也是肯定会到来的!"

在时间中飞行,渐渐地,我找不到奶奶的去处。原来的物理空间已经发生变化。外面的世界瞬间发生沧海桑田的变化,就像个巨大的盒子打开后,里面的纵深沟壑被历史之手雕刻成各种模样,这个盒子里藏着什么秘密,我也许要躺在缠绕着它的时光绳缆上,才能厘清真相。

我惊叹宇宙中虽然有很多秘密,可是最难了解的,还是我们人类的生存。就人类历史所记载的来看，人不是一般的生命，它不仅能建造有形的规模浩大的物质工程，也能通过精神构建错综复杂的理念世界。或许，人类文明要改变对时间的观念，它不应该以抽象的时间为依据，而是以意识的进程为依据。

我看着自己的意识，它不像时间那样神秘，但是变化莫测——意识列表上的内容，最能代表真正的我自己！

D 离开日常生存的空间

地面上什么对我都不重要了!

我打定主意,去寻找自己心仪的仙后星座。天只是气团,我也许能够穿过后接近它……当然,我不仅有梦想,还有行程。宇宙最深不可测,不知道我的生命能否坚持到抵达仙后星座的那一刻,但我想我肯定会尽力而为的!

"外太空会遇到什么?"阿睿兴奋地问。那是一种充满期待的声音。

"蚂蚁爬到金字塔上也未必能看得见的东西。"我的内心涌起重构生命体验的冲动,应把自己当成地球人,而不是某个琐碎的现实的个体,从复杂的人际关系中挣脱出来,"放心,我猜想,地球人比外星人更不好打交道呢!"

在地球上生活了多年的我深有感触,总是活在层出不穷的人制造的各种麻烦中。也许只有少数人感到幸福,大多数人跟我一样,今天过了不知道明天会怎样!

阿睿比我年轻,对未知的世界更感兴趣,而我关心的是,有没有哪个地方值得我愿意在那里生活一辈子。

隐隐约约高低起伏的蓝色冰川在眼前形成屏障,如大小变幻的无数朝向的棱镜在我眼前晃荡,我既惊异于它的美丽,又非常害怕撞上,那些陡峭的冰尖迅速地迫近,像是要在我脸庞划过一样,很多次让我们差点有坠机的危险。

我在他们的惊呼声中,连连调转几次方向,才从冰尖刃避过,但是之后就迷失了方向,只能随着候鸟绕过冰峰群。

"实在太美了!可惜冰川不适合人住,否则我宁愿搬到这里。"美美说出了我的心声。为什么一定要挤在人多的地方,过那种没日没夜忙忙碌碌的生活呢?

可惜我们适合不了这里的气候,恐怕在这里生存三天、三十天、三个月,都很不容易,不过要是熬过来,根据回忆写一部《冰川生存记》,说不定能跻身年度畅销书之列。

我们破釜沉舟地冲向云团,望远镜上的影像渐渐显现太空的景象。

"错过了冰川上的彩虹!"我感到遗憾。

一些别的带着信号灯的飞行器从身边驶过,我很担心有相撞的危险。毕竟太空中有数不清的陨石,各种危险纷至沓来,又没有红绿灯。

"不要飞向太阳!"阿睿提醒我,"否则我们会变成宇宙中的黑焦炭。"

"我看不到太阳在哪里!它的飞行好像不太受我的控制,而受周围引力的带动,朝着某种惯性的方向。"我说。

"大象妹,你看看,能不能辨认星辰!"阿睿叫着也莉,印象中她的国家盛产大象,"我只知道勺子形状的是北斗七星。"

他有点后悔没有学好地理,那些平时看来不重要的学科,蕴藏了关于宇宙大千的知识。

"W形状的是仙后星座!"我在望远镜中到处搜寻它。

仙后星座,我念念不忘的仙后的灵感正是源于它。她的脸蛋太完美了,我没有看到过那么完美的美人,每当我上班很累时,我都忍不住瞧瞧她,疲倦和无聊感就会消解不少。在地球上的日常生活中,我活在屏幕时代,抬头低头之间,各种屏幕都会闪入我的眼里,所以,我一点也不奇怪我会迷恋上屏幕里的那张脸。和她才像真的情侣一样,而和现实生活中的人反而不知不觉疏远了很多。

人也总想从现实空间跳转到理想空间。

去哪儿,如果不是意识在左右,那是什么?

我从望远镜的影像中寻找W形状的星群,遥远天际的星群铺陈在深蓝色的背景中,它们有时也会构成女人的脸庞,那些星星闪闪让人联想起明亮的眼睛和金黄色弧形的轮廓。

"仙后……"我心底默默叫唤她。

蓝色的影像中,很多缥缈的雾气向自己飞来,很像仙女们披着的裙纱。当然只是幻象。我眨了眨眼睛,看到的就只是蔓延开来的无边的黑暗。无数个星石向自己飞过来,碎碎点点,如花瓣不断旋转,恍若遥远处有上帝之手在不断拨弄着星辰旋涡,让它们千变万化。蓝黑色的烟气散发开来,时常遮挡住星辰,像是有魔鬼出没。

我的眼睛有点晕眩,于是将操控器交给阿睿,告诉他如何控制方向,然后不知不觉,很困倦地睡着了。

那无数个屏幕仍在我头脑中摇晃,我恍惚回到上班的日常空间,领导走过来问:"喂,上次你说很快就可以完成的项目,现在做到哪里了?"

我背后一阵冷汗,尴尬地对他说:"还需要一些时间,等等!"

"等等?那什么时候结束呢!你要是没完成,我该怎么处罚你呢?"领导的脸总是那样僵硬,我真想给他一拳。

"好吧,我尽力。"我打开电脑,完美恋人仙后的脸蛋显露出来,领导顿时看得惊呆了,赞不绝口地说:"美女!好漂亮的美女!她是真人照片还是美工设计?"

"虚拟女神,将女人最美的部分集合,就变成她了!"我得意地说。

"噢!对,对,对!真美!好妩媚呀!古典的脸蛋,现代的身材,无可挑剔!她叫什么名字?"

"完美恋人。"我兴奋地回答。

"好!好!男人没有不喜欢美女的,女人没有不想成为美女的!人人都想通过虚拟现实游戏,和近似真人的人谈恋爱,感觉太奇妙了!你赶紧去设计这个游戏项目好了,就叫'完美恋人',一定非常受欢迎,很有市场价值!"领导总是这样,想法经常改变,并自认为比低一级的职员拥有更高层次的智能,"还犹豫什么呢?看吧,'完美恋人'比'死亡星球'一定更受瞩目!"

他自以为是的口气让我很想拒绝,可是我没有自己想象的那么有勇气,只能苦笑道:"'死亡星球'真的在进程中,我不想放弃,再给我一点时间吧……"

领导皱眉道:"是你说了算,还是我说了算?你认为自己足够了解市场的需求吗?我看你这几天工作不在状态,原来偷偷设计美女打发时间。'死亡星球'拖了那么久,这个项目不能如期实施,公司也有损失,至少白发了你们几个月工资,还耽误了公司的进程!赶快换,赶快换!听我的!撤掉'死亡星球',改换成'完美恋人'!"

我感到困窘,对奉命行事反感,看着屏幕上"完美恋人"的图像,很想毁了她。根据我对网络游戏的了解,公司照例会把她打造成一个风尘女子,衣饰半裸,酥胸隐现,动作富有挑逗色彩,并且配上低俗的引诱的语音,这是我不能接受的。

"仙后……我……唉……"我像个被打败的无力的英雄,处在日复一日的工作环境中,周围的同事都是事不关己的态度,没人想要替我求情。我面对的只有仙后一如往常的妩媚的表情。我回想自己是被什么打败的,似乎不是那个独断专行的领导,他对谁都是那副什么都由他做主的态度,除了对他的老板或上司……我好像是被时间打败的,误了工时,就变成软柿子,一个职场打造的标准的工作机器。我从冷汗中醒来,兀自对领导的催促恨恨不已,对办公室那个紧张的空间感到抗拒。

生存的界面不总是和谐,因为有太多不确定因素。

望远镜的影像中,黑色幕布下的星云散发清冷的光晕,这大概是我最接近仙后星座的时刻。

"好像有什么向我们靠近!"阿睿对着望远镜中的影像大叫,"不好,某个比我们大无数倍的巨型飞碟向我们飘过来!天啊,我们不会碰到外星人吧,他们从哪里来的?是不是巨人?听说,那些腐尸会离开地面,飘到天上去,他们不会来找我们做'替身'吧!"

话音刚落,我们的飞碟就被吸进更庞大的机械体中。门开了,有一些张牙舞爪的"动物"探入头来,和我们人类一样会动,但看不出雌雄之别。

美美为了和他们套近乎，询问不断："你们是宇宙公民吗？怎么出生的？会死亡吗？你们的家在哪里？有公司这种组织吗？有工作吗？有没有市场交易的地方？"

"你当他们个个是翻译机啊，能听懂地球上的语言。"我对宇宙中的其他存在亦深感未知，"他们来自宇宙的深处，就像很多尚未找出答案的事情一样，他们按自己的方式存在着，和我们彼此不了解。"

如果外星人真的懂我们地球的生活方式，他大概会很奇怪地问："你们地球上的人活着只知道工作吗？要不，还有什么目的呢？"假如这样，我可以确定，他们不会羡慕我们的。不过，或许他们现在的行为就是正在工作呢，比如在寻找新的生存空间，然后侵袭占据。

"像蜘蛛一样，它们看上去。"也莉努力地发出蜘蛛的字音。

"那宇宙岂不就是一个大的蜘蛛网，像是因特网！"阿睿的直觉很准确。

"没错，我们都在这个巨大无边的网络里面。"我惊觉，我们一直在进化，就是为了成为因特网的奴隶？

"宇宙是椭圆形的吗？"阿睿又问他们。

蜘蛛外星人发出剧烈的笑声，喉咙里发出能被我们感知到的声音，仿佛深知我们迷惑地说："宇宙是没有形状的，既不是正方形，也不是椭圆形，你们的知识太渺小了！"

我的手被蜘蛛外星人握住，无法再使用操控器逃离。我们不得不跟着他进入巨型飞碟中去。

"我们会被迫做什么？"阿睿颤抖的声音问。他在我眼里是英俊的少年，不知道外星人懂得欣赏吗？

"这个神秘的宇宙如你所见，就像是因特网，我们也许是到达了信息广场。"我说。

　　这里是乌托邦,是游戏程序里的虚拟时空,是因特网里的"宇宙"。借由因特网,人们能进入宇宙的信息森林,对人类自身文明的来龙去脉,做一下白日梦。

　　我们是在"死亡星球"的游戏中,但是我不希望遇到死亡。

E 收录一切意识的信息广场

我们经过巨型飞碟的副舱时，有些外星人正在进餐，吃的是像灰炭一样的东西，我疑心这就是他们的面包，比较起来，地球还真是个食物充足的地方，至少我们的饮食丰富多彩。

"但愿外星人招待我们的，不要是咬不动的石头。"阿睿的声音在通道里响。

这种紧张的时刻，听见他的声音，我感到很亲切。

"嘿嘿！也许在他们眼里，我们是肉类或巧克力，吃起来味道不错，就是有点酸……目测这些'怪兽'想吃了我，我宁愿做第一个被吃的，这样不用在等待中受折磨。"阿睿把他们看成和我们一样的生命体，而我们是他们眼里的食物。这也不无可能，宇宙是个巨大的竞技场，各种物种在生存上搏斗，我们不过也是食物链中的一环。

我的额头上冒汗，直到看见无数"抽屉"向我们涌现，那些抽屉能动弹,就像黑暗世界里闪耀的星星,只是更密集,每一只抽屉都无法让人忽视。周围形如神秘的、宏大深邃的无边际的广场。蜘蛛外星人很自然地在这些抽屉中穿梭爬动。那无数的抽屉像魔方一样在广场聚拢和排列,好像有各种声音传出来。

也莉站到一排排的抽屉中间,像是想要寻找什么,却又无从着手。

"运用心灵感应,总有一只抽屉为你打开。"我在她的身后提醒。

"我想知道我的前身是女人,还是男人?呵呵……"也莉询问。

那些抽屉应声不动,蜘蛛外星人打断她说:"档案馆里不会记录你的'前身',它只会记录任何生命从生到死的状况。"

看来这里就是信息广场,记录宇宙文明的档案馆,那些嵌在信息广场的抽屉藏着我们人类想要探询的无数的秘密。

"人会在几百世纪后消失?"阿睿问。

然而也没有抽屉回答。也许信息广场只有宇宙已经发生的事情的记录,对于尚未发生的事情,不会做任何预测。否则,任何事情都有确定的答案,信息广场也失去了意义。我怀疑,主宰我们的神灵很可能就叫"未知",我们人类的盲信盲动,不都是受到了未知力量的诱导嘛!

"如果地球上没有了水怎么办?我们的星球是不是就变成了死亡星球?"阿睿又问。

他半天沉默不语。

我问他,看见了什么?他才吭声说,看到某个抽屉听到请求,就显现出地球没有水的影像。那些蓝色的水洋消失了之后,人和所有动物都变成了残骸,长眠在土地中。不再能看见生命活动的蛛丝马迹,到处是干土和泥块。

"很明显,如果没有水,地球就会变成死亡星球。"他长吐一口气,

"这可是巨大的警告！难道要从外星球引进水吗？"

抽屉果然有反应。我得到极大鼓励，随即便问某个很现实的关切："我想知道，人成功要靠什么？"

耳边回响起美美用似通非通的逻辑说过的话："人成功要像小偷一样，不断地寻找机会。"

某个抽屉立即像回音壁一样，把我心里的声音传递回来。我纳闷，信息广场就只是记录我们说过的话，做过的事吗？

我凝视着它闪闪发光的样子，在周围黑夜般的气息中格外耀眼，仿佛传达着某种简单而清晰的普世哲理："若没有黑暗，星星怎能发出亮光……"

好像在说，人想要成功，宇宙都会来支持。

那些抽屉仍变幻无穷，没有止尽，想必我们刚才的意识也被它收录了。它们只是抽象的传感器，能传递我反应到宇宙中的声音。

我很好奇，它们是不是自创世纪以来就存在？人心要是有什么未解之谜，就都藏在这些抽屉里。

不可否认，是我们这些生物建造了信息广场，同样，"时间"也是我们创建的，如果没有生物体的生命意识在衡量、在计算，宇宙大概也只是机械运动的变化。

"我想找到仙后星座。"我又对抽屉说。面对这些抽屉，就像站在宇宙设计师前，但忘了它并不是宇宙导航仪。

美美感到奇怪："为什么要寻找仙后星座？"

"只是一种眷念向往的情绪，就像对幸福的渴望。"我说。

人，确实是善感的动物。幸福究竟是什么？我似乎并不知道。

我没有看到哪只抽屉理睬我的请求。我只好将刚才经过副舱时拾来的灰炭，摆成仙后座的星辰图，问蜘蛛外星人有没有见到过这样的星象。

看见那些蜘蛛外星人不理不睬,我问美美:"你会跳舞吗?"

"干吗?当然。如果不会跳舞,导演怎么会看上……不,不,看中我!"

"那就好,我想起古代人语言交流不畅时,就用舞蹈沟通,不如你跳舞给他们看,用这种方式去问我们如何寻找到仙后星座!你跳舞的样子,在他们眼里肯定像一只艳丽的玫瑰,有魅力极了!"

我带着请求地恭维她,但遭到她拒绝。

"不行。为什么要帮你找那个我完全不感兴趣的地方?她只是你心中的幻想而已。哦,每个男人的心里都藏着一个女神,你也不例外吧。"美美更在意信息广场的抽屉,她急切地询问它,"我想知道,怎么在未来交易市场大获全胜?"

"未来交易市场?是什么?"我插嘴问。

"当然是在未来。人生就像一场投资,有时正确,有时错误,我当然想要的是赢。"

不知道抽屉听到她的请求没有。

人的欲望是没有边界的,也许信息广场只是各种生物体的思想广场,仍然不能穷尽宇宙的真相。

一瞬间,蜘蛛外星人和信息广场都消失了。我们回到原来的飞碟内。

我抱怨她:"你不应该在信息广场打听'未来',要知道在宇宙中支配一切命运的正是不可预测的'未知的力量'。如果未来能预知,那么地球上的股票交易所就都要破产了。"

"喂!"阿睿惊叫起来,"那个是不是你们口中的银河动车,像蜈蚣一样,我们是不是被他们发现了,它一直跟在我们后面。"

"要不我们跟着他们回去吧！"美美这会儿大概又想念她在地面的物质生活。

"不能跟着他们回去！"我不同意，"要回去，我们单独回去，不能被银河动车俘虏了，否则说不定一回地面就是入狱。"

不会吧？我们违反了游戏的规则，一切幻象尽逝？明明像是刚拿到了解宇宙的门票。

银河动车越发接近，好像火箭冲过来。已经做了小偷的我额头冒汗，只好再做一次逃兵，改变时间来逃脱银河动车的追踪。我调整时间线，一下子将时间带到许久以前，很快，我们的飞碟迅疾地驶向地面，像闪电一样，我心中暗地欢喜，只要到达地面，就可以回到住的地方，蒙头大睡，假装不知飞碟和银河动车的事。

到地面后，发现天一下子亮了，像是电视机猛然被打开的状况。

我头痛欲裂，爬出来呼吸了几口新鲜空气，对地球上的大自然产生无比亲近的感觉。美美跟在我后面，素面朝天，紧接着是头发直竖的阿睿以及吓变色的也莉，我们的腿都软得不能直立，像很久很久以前只能爬行的动物那样。

周围的世界感觉很陌生，虽然阳光充足，树木葱郁，但不是我们熟悉的到处是商业路标的都市，以致我们很难辨识到了什么地区，也许是根本没有人生存的地方。

老天，我们不要沦落到蚂蚁统治的世界吧！

美美手上的戒指成了黑炭，想必是因为调整时间线后，时间倒流的反应出现在它身上。她惊讶地看着它。

"你的钻石戒指，它的'过去'就是矿石。"我盯着它叹息，"看吧，你眼里有价值的东西，不过是时间的灰烬。"

难怪那些信息广场的蜘蛛外星人以灰炭为食,在它们眼里,时间只不过是固体的变迁。这就是人们说的"时间是金子"?

我没法真正地理解时间。

因为时间是最不好把握的东西,人类有史以来的知识都不能帮助他们控制时间!谁也做不到!譬如我们能看到身体的变化,生老病死,但是没法控制时间。就像足球比赛一样,能控制球不断在空间中滚动,但是控制不了时间,只不过感觉有时候球赛中的时间过得很快,有时候又很慢。这是为什么?从我们还是小孩子的那个时间,到我们长大成人后的那个时间,是怎样流逝的?难道就只是肉体的变迁?而球赛则只是球的位置的变迁?……

"难怪你没有女朋友!"她奚落道,"钻石是矿石的话,地球不就也只是个球。"

我不想和女人争吵。也许我期待遇到比她更漂亮的女人,却不像她这样对我盛气凌人。

游戏中有无数种可能。

我们都无法逃离的一种可能是地球会变成"死亡星球",无论我还是她,这也是游戏规则。

F 我有很多很多愿望

离开了信息广场的我们,只能听到周围石头的回声。树高百尺,地面到处是坑洞,没有任何建筑物体。

"我们在哪里啊?我好像闻到了鸟粪的味道。"阿睿擦擦鼻子,张望四周,周围空旷宁静,像是史前文明的景象。

他伸伸懒腰说:"好饿!我们去找点野味吃吧!"

也莉从周边发现了一簇簇鲜嫩的野蘑菇,忍不住尝了一下,阿睿拉住并阻止她:"别轻易吃,无毒不蘑菇,蘑菇都是有毒的,千万别碰它们,越艳丽的蘑菇越有毒……"

可惜阿睿的话还没说完,也莉的眼神就已经变得异样,冲着他傻笑,像喝醉了酒。

"难道吃的是迷幻蘑菇?"阿睿担心地看着她。

"什么迷幻蘑菇,你漫画看多了吧。"美美说。

很快,也莉倒在地上呕吐不止,我吓得赶紧背着她,到处去找有人烟的地方医治。

美美有些生气地用脚踩那些野蘑菇,看见我们走远了,就赶紧追过来问:"那飞碟怎么办?要是给人偷去了,我们怎么回去?"

"先救人要紧!要不你守着!"我已经顾不上回头看她。

"不行!万一把飞碟和我一起偷走了,那岂不更糟糕!"她倒是很有自我保护意识。

阿睿回去,和美美把飞碟移在树丛中藏好,又追过来,一起到最近的地方为也莉求医。可是走在漫无边际的茂林中,根本看不到人烟,我气喘吁吁,口干舌燥,却连水源都看不到。

"水……这是什么世纪啊,为什么连水也很难喝上一口。想想很有趣,也许矿泉水的发明,是世界进入新纪元的标志之一。这是一种怎样的变化?过去,我们总是向大地索求什么,而后来,我们成了地球上的强权!"我感慨,这大概是地球文明最大变化的分水岭。

"这很有趣吗?那你告诉我,当人成了地球上的强权,他们接下来,是要做什么?"美美把我当成抽屉了。

"哪里有矿泉水啊,这里是荒野。"阿睿很担忧兼期待地四处张望。

"在这种地方,老天才能让你看到天命。因为除了寻找,几乎就没有别的存活路径。"我叹息。

哎,看起来,生命就是一场寻找,成功就是找到让自己安身立命的方法。

眼前一片荒野,毫无路径。我们不得已决定分头去寻找,我背着也莉向前,美美和阿睿一个向左,一个向右,分别在路上做好标记。太阳很辣,我浑身是汗,终于扛不住,把她放下来,她叽里咕噜,像是在说外国话，我很难听懂。

正当我胡思乱想这是什么鬼地方时，我的头一阵剧痛，我捂住脑袋向后看，竟然是也莉抱着石头对准我的头重击了一下。她的眼神像是产生了幻觉。我惊讶地看着她问："你怎么啦？"

我有些头晕，感觉她的身形好像变模糊了点，变大了点，我正想说话，脑中的白点变成黑点，我倒头躺在草地上，耳边安静下来，似乎听得清虫鸟之类的嗡鸣，脑子已经无法再思考，恍惚觉得脚好像踩在坟冢门口，周围被死亡气息包裹。

"啊！"这是我清醒时最后叫的一声，随即感到头痛欲裂，仿佛很多条小蛇钻进我脑子一样，我彻底晕过去。

那种心理影像又乘虚而入，强烈作用于我。我再次见到了仙后，她有着完美的脸庞，戴着绿色的野草环，向我走来，虽然圣洁，却不是那么遥不可及！我喘不过气来，但是仍然用手撑着地面，瞪大眼睛看着她。美丽的女人走近时，总是会让人恍惚感受到她的芳香气息。

"我在哪里？"我问。

这是我头脑中最含糊的问题，无论何时，我在寻找自己的天命，或者是幸福，种种疑惑都会让我感到困窘。

"老天告诉我，我在哪里？我想要做什么？"我不止重复一次地问。

"在地面。"她云淡风轻地微笑回答。

"我们是不是将处于危险中，地球会成为死亡星球？"我想这种预感在大多数人心里都存在，特别是当四顾无人时。

"人类的贪婪，使得他们为了利益不断滥砍滥伐，挥霍矿产，迟早会毁灭了自己的生存环境。我怎么置身在茂密的树林中？应该是一望无垠的沙漠才是，如今沙漠递增，水源日渐减少……"我继续说，想到数世纪以后的情形，不寒而栗。

"是的，危险随时都存在，死亡随时都会来临。"她的声音越变越轻，不像是在恐吓，好像时间是有弹性的绳索，如果人们过于用力拉扯，就要断裂了。

"这是个空虚的时代，什么都没有意义。"我近乎偏激地抱怨，人人都像机器，没有什么情感。

"人的知识在扩大，并非没有希望！"她像天一样蔚蓝、电线一样细长的柔发碰到我的肩，"在网络信息时代，新的文明正在构建。"

"哦，什么是新文明？"

"不是口水文明或眼球文明，而是人的心灵交感。"

她的话激起我思绪的浪潮，当信息来往，人心彼此是会有感应的。

我回想自己为何感到过着一种像埋葬在生活冢里的日子，或许是因为生活中，好像很久没有人真正关心过我的内心了。我无论做什么，都不会引起别人的关注，也没有谁对我好奇。的确，爱才是文明中最可贵的，也许它就是一切的答案。

"可是世界和以前没有什么变化，有钱人拿钱买自己的快乐，把赚钱建立在自私自利之上，穷人活在没钱没势的痛苦中，也不知道怎么改变自己，像我这样的人只是工作机器，除了上班，再没有什么独特的价值！"我说的话不完全是自己想要告诉她的，多少是潜意识里的偏激情绪不受控制。

那个宇宙中神秘的信息广场一定又在记录我的意识，从我儿时的意识开始，到我进入工作岗位，再到我长眠地下，最后直到世界尽头的末日审判。此刻，我多么想回到信息广场，因为有太多的迷惑，让我需要它的解答。

她看了我一眼，给身边的鸽子喂食，"你看，它们没有住房，要经过漫长的严冬，觅食艰难的时候，可能饿死。你和它们相比呢？"

仿佛听到有个声音在嘲笑我。

"我和鸽子并不完全一样……"我情绪激烈地反驳，每次想起自己平凡的人生，没有什么可骄傲的，更没有可以炫耀的，就会很惆怅。"就算我诚实，努力，很容易就满足了，不喜欢冒险，但并不觉得幸福。"

那些野鸽子在飞，越来越模糊，渐渐飞远，成了一些逐渐消逝的黑点。

"生命不是长短，而是梦想和行程。"我凝视野鸟的翅膀划过的痕迹，坦诚地说，"我活着，还是为了满足一些愿望。"

"那我会满足你的三个愿望，你说吧！"她仿佛是信息广场的回声。

她身上顿时有道来自梦境的彩虹一样的霞光照射到我身上，我迷迷糊糊地抬头看她，心里犹疑，女神的话似在古老的梦中。

"唔……"

对人生的可能性的想象，让我迫切期待："我希望得到真心的爱情吧，这是第一个愿望。第二个愿望是，我希望成为享誉全球的跨国企业的大老板，或者拥有超过一亿的巨额支票。第三个愿望是，希望在父母有生之年，能够尽孝，或者自己能够延长寿命，不要很快老去！"

说完，我就为自己的想法惊讶，我的愿望不过是普通人都有的。

我和其他人并无差别。

"你说了五个愿望！"她温柔地笑道，伸出巴掌，数着白葱般的手指,"超过了我给你的选择。"

"那就依次是得到真心的爱人,成为富有的人,能对父母尽孝的人,就这三个愿望吧!"我恍惚觉得自己像是芝麻开门中的那个小子。

"如果,你在某一天成为富翁,搂着你心爱的女人,并且让父母住进了豪宅,可是这时世界末日来了,你怎么办呢?"梦中女神问。

我一下子僵住了,如果没有寿命,的确一切虚无。

我摇摇头。"我不相信会有世界末日,人们的末日情结只是源于对死亡的恐惧。对我而言,唯一的遗憾是我到死,也没能成为幸福的人……"

人生如果像一个历程,到达的目的地是墓地的话,我们是不是和那些可怜的野鸟一样,会遭遇很多困厄,最后不存在于世间,却也没有在地面上寻找到天堂。我不想做野鸟。也许古老的书记载天堂在哪里,但是我并不自信有天分找到。

"那在你的愿望实现但是世界末日到来,和你的愿望永远也无法实现之间,你到底怎么选择?"她的声音,越来越像信息广场的回声。

这是人生中最重大的选择。

我犹豫不决,我当然不期待末日把我带走,可是如果那三个愿望都未实现,我平淡庸碌地活一辈子,又有什么意思呢?我想起奶奶未能来看望我,倘若我有私人飞机,这怎么会是问题,要是个有钱人,就不愁让她和父母过上好日子。但是没有钱,我连亲情也无法顾全,岂不是我心里最遗憾的事!

不知道信息广场收到了人这样的困惑,会如何看,还是它早就收到我心理的信息,给我传递过来这样的"心灵影像"——让我看到自己算不上英雄,只是个极平常的人,比起野鸟缺少的仅是翅膀而已,它们未尝只要温饱，也要安乐。

"我选择前者。但是请告诉我，世界末日到底是什么样子？真的很可怕吗？有办法阻止它的到来吗？就像那些野鸟，我并不想看到它们完全灭绝！"

"怎么，你想做拯救世界的英雄？刚才你的愿望中并没有这一个！"

我感到后悔。

比起照顾父母这等小事，拯救世界才是最伟大的事，毕竟我不想看到所有的物质或生命枯竭，否则世界失去了生命的意识，那座巨大无边的信息广场就会成为废弃广场，宇宙多么无趣，就像个空心的大盒子。

眼看见那鸽子般大小的鸟被更大的野鸟吃掉，我竟张口问："能够改变愿望吗？"

"你后悔了？"

"是啊！我的愿望太小，这样看来我过去的想法都很自私，无非也是希望得到名色权利，但我现在觉得，如果能帮助更多的人，也许更伟大些，我应该立更大的志向。"我的羞愧之心，让我觉醒。

人心必须壮观，见识才精彩。于是又补充说："我只是想改变这个世界，改变一点点，也许就会光明很多！"

"改变什么？"她依旧温柔地笑，那样妩媚。

"譬如，让世界更加公正平等，还有更加安全，我能有更多的时间和爱人在一起，陪伴亲人，希望爱情能够永恒一点，而不是美丽的泡沫，那个人最好可以和自己过一生……"

我不是像个女人一样渴望爱情，而是不想在这个星球上孤独终老。想到这里，我的眼泪掉落下来，男儿有泪不轻弹，可是我还是流泪了，坚强和脆弱只是一念之间,"亲爱的世界,我可以更爱它多一点,就如你所见,我来来去去,始终行走在它的路径上。"

她善解人意地替我抹掉眼角的泪,问:"如果真有世界末日,你希望得到爱后再离开,对吗?"

"对。"

我的嘴角咸湿,无比真诚地说:"这是我最大的愿望,甚至比拯救世界成为英雄重要得多!我不是类似机械的物体,也不是太阳系中的氯气。人,必须被看成是人,而不是机械一般的存在。"

尽管我对仙后心存爱慕,但她在我心里如同女神,我不敢奢望她会陪我一辈子。假使这个愿望能实现,我宁可许下的愿是在她身边永不离去。

"又一个愿望!"她仍旧微笑,"人类想要的愿望太多,永远不会满足。"

我听到"人类"这两个字,陡然觉得她和自己疏远了不少。她始终是无法企及的。

看着女神如魔术师手中的鸽子般消失,我很失落,也很无奈,心里揣摩着我的愿望能否实现,犹如渴望得到新生的机会。

就算明明知道是游戏,也很期待。反正我对人生没有什么计划,有愿望总是好过没有愿望,至少让我开始变得有激情。

我相信,那些童年藏在我大脑的意识,透过梦想的思维机制,在宇宙中总会有回应。

G 统治世界的未知力量

我的眼睛慢慢睁开，眼前没有野鸽子，只有上古的大鸟拍翅低飞而过，黑压压的影子铺天盖日，这是食人鸟吗？幸而它们只是路过，不曾朝我俯冲，眼下我的腿软得动弹不了。

我想象地球只是个"球"，大鸟也许是候鸟，从球的一端飞到另一端，成群结队的。动物们真可爱，它们什么也不用想，除了应对灾害，也许其他时间都像是玩儿一样。它们的烦恼只有一个：恶劣的气候。其他时间都是在玩儿，吃食，休息。不知道会不会去思考宇宙！

比起动物，我们这些有判断有意识的人类，从什么时候出现。有判断有意识，就会有种种的希望，种种的恐惧……这些都不是幻觉，那是什么？

也莉躺在我身边不远处，她贪吃了迷幻蘑菇，还没有醒过来，我很担心时间一久，她就会因毒性加深死去。

从进入游戏开始，我最怕的就是死亡，无论我自己死去，还是谁突然死亡。见过女神后，那些愿望还是让我觉得有重新开始，努力生活下去获得幸福的必要！

美美回来，我问她："医院呢？"

"没有找到。"

"这是哪里？"

"不知道。"

"我们赶紧把她带回到自己的国度，在这里拖延太久了，没有好处。"我当机立断选择，"快，回到飞碟！"

我们沿着原路线返回，可是却什么也没看到，飞碟也不见了，难道被外星人偷走了？这是我的第一反应。美美坚持认为是被当地的野人偷走了，因为外星人要是来过，我们不可能抬头看不到任何其他飞行器飞来的情景。但我又反驳，我在梦中听到的嗡鸣声，很可能就是外星人的飞碟的声音，他们差点把我逮走，只是看到我睡熟了，就以为是死了。

也莉仍然晕厥，我背着她担心地说："小妹妹，可千万别就这么死去。"

"干吗那么关心她？万一我被野人抓去，你会到处去找我吗？我们现在不知道在什么地方。见鬼！"美美对她产生微妙的竞争意识。

虽然我不太喜欢和自己年龄差距太多的女孩，但我懒得解释。女人若是希望比另外一个女人重要，就有可能是嫉妒。我可以引起她的嫉妒，这弥补了我面对她时在气场上的劣势。当然，我不是Superman，还不至于让她为我疯狂。

我在对女神许下的愿望里有一个选项是遇到真心的爱情，不会是她吧？我的身边又没有其他的更适合的女人。

她也不错，就是别太骄傲。

骄傲的女人有一长串的欲望，电视里所有的广告，大部分都像是为她们设计的。

"都一样。"我看着没有边际的旷野说，"人少一个，我们的力量就小了，走出困境的能力就会更小。最后就只能被迫长睡在这里呢！像被弃置在垃圾堆！"

"下次别让我再次遇到你，这真是糟糕透顶的旅程。"美美焦虑地瞭望有没有飞机路过的影子。

她的话在我耳边嗡鸣，我一辈子会遇到很多人，他们形成了我的生命线，可是他们为什么要出现在我的生命中呢？

活着就是学会接受可能性。

而在宇宙中，时间就意味着可能性。

我和她分头去找丢失的飞碟，但相约不要走得太远，否则四个人都失踪，麻烦就更大了。

"不行！把小姑娘留在这里，碰到坏人，怎么办？"她提醒我改变主意，还是带着她们一起去找阿睿和飞碟。

我们很辛苦地从茂野中走出后，汗水把衣服都浸湿了，美美大叫阿睿的名字，在这种空旷的地方，她的声音可以尽可能舒展。

我正猜测是不是阿睿驾走了飞碟，抬眼看见不远处的天际，飞碟迎面扑过来，然而不妙的是，它的机械体下面，竟然是庞然大物恐龙的身影。可能为了逃避银河动车，我把时间线倒退得太厉害，一下子来到了远古时代，难怪我们会觉得置身于一个完全陌生的偏僻疆域，焰阳高照，周围没有田埂和路标，就像进入非洲的无人地区。

"这是在什么世纪？"美美问。

"当它们是这个星球的统治者时，还没有时间观念呢。"我很想重返信息广场。眼前这个世界，只会留下我们恐惧或者寂寞的光阴。

对面奔跑而来的裹着风沙气息的恐龙群，体骼大大小小，在我们的身周围乱窜，在我脸庞飞速穿过。我感受到前所未有的生命力，竟然忘记了畏惧，我欣赏它们箭步奔走的样子，那仿佛是力和美的结合。

它们在追赶我们的飞碟，对我和美美视而不见，我感叹："这些哥们儿原来并不残忍，比老虎、狮子、豹子们温和多了……和我们只是处于不同的进化阶段。"

"亲爱的，你去接近它，看它会不会把你踩扁！"美美对我推推搡搡，"小心它打喷嚏，我们都会被震得远远的。"

"不怕，这些只是电子恐龙，没有威胁性。"我不再被吸引，而是站住不动。

人类和真实的恐龙并没有处于同一时空。我们经由信息广场来到这里，只是碰见"死亡星球"游戏中模拟现实的场景。

"那它们的寿命有多长，看看我们和它们比起来，是退化，还是进化了？"美美问。

"亲爱的，乌龟比我们寿命长，是不是比人类进化程度更高的动物呢？"我觉醒般怅叹，"生命不是长短，而是能量。"

飞碟落在我们身后，美美抢先进去，我背着也莉随后，恐龙的脚步声恍惚离我的头顶只有一尺。

我迅速钻进机械体，对阿睿说："去往有医生的时代吧！"

他回头朝我做了个"OK"的手势，不料飞碟撞到了恐龙，摇摇欲坠。我赶紧放下也莉，扑到他身边，抢过操控器。

阿睿发抖地说:"不好,我们好像被恐龙咬在嘴里!"

原来是飞碟的外壳成了恐龙的点心。

"它们自身难保呢!"我把时间线微微拨动,让恐龙世界的覆灭之日愈来愈近。

望远镜的影像中显现天外飞来的小行星撞击我们这个星球,导致地球上发生毁灭性的灾难,一时间电闪雷鸣,暴雨相继而至,大地如遭到撞击,发生大地震,树木倒塌,沙石横飞,我们也天旋地转,在大气流中摇晃。无数的恐龙奔袭而来,面临生存环境的毁灭,狂奔乱跳,不知所措,它们并没有像工业社会的人一样破坏环境,却要遭遇失去家园的噩梦。

咬住飞碟的恐龙站立不稳,不久倒在地面。那巨大的身躯渐渐成为泥土里的残骸。

"嘘,这是世界文明的一部分,恐龙可惜就这样灭绝了。它们拥有那样庞大的身躯,但是也逃避不了未知的命运。我早就知道,统治世界的力量叫'未知',我们都被动地活在它的管理之下。"我叹息。

我们很像打开石头砌成的围墙,探看深邃的宇宙的奥秘。宇宙是造物主,也是大坟场。不知道照在人类的自我意识的那道"光亮",有没有照在其他动物上面?

"让那些教授来给恐龙授课,他们就知道自己的知识在天地灾难面前多么薄弱呢!"阿睿的想法不错。

"我们和它们不同。至少我们在近一万年内建立起来了庞大结构的机器文明的社会,包括能在天上飞的,能在水下潜伏的,能到外星球探测的,还有万维网!"我惊奇人类的能量——我们来到这个世界上,竟然能创造这么多其他动物难以匹敌的工程。不知道其他生命能否做到这些甚至进化到更高水平。"可是，我们也许和它们有相似的命运，都会被毁灭呢！"

"那最后能活下来，永不消失的是什么？微生物？"阿睿探询的口气问。

"'什么'也逃不过竞争，优胜劣汰呢。如果我们的生存能力不强，也会被迫在历史中消失！"那就是我来寻找答案的缘故，"尤其当我们把适合我们的环境破坏了……"

远古生命的灭绝，仿佛提醒人类末日的隐患的存在。这是所有生命共有的问题。人并没有和宇宙订立永恒存在的契约，谁说不可能重蹈覆辙？

我仍心有余悸，摸摸四肢并没有少什么。只要不死于自然灾害，就是最大的幸运呢！安全是最重要的，就像胎儿需要呵护它的子宫。倘若我们的星球的环境不是安全的，万物何从依附？我们需要能提供安全的星球，这是我们存在的天命！

在改变时间中，我们离开了这种危险的境地，直到望远镜影像中毁灭的场面彻底地消失了。那些腐烂的尸骸，是死亡的无声韵脚，然而，没有恐龙的"噩梦"般灭绝，也没有人类的创世纪。

那时没有因特网呢，但是时间的流逝和现在是一样的。

一切生命构建的信息广场，记录了世界历史的影像。

我心情不太好，因为时间总是告诉我们，不会有永恒。谁都会和这个世界以某种方式告别！但树干吗又要生长呢？

树在生长后就会枯萎，时间似乎就是从生到死的不断流逝。

人呢？出生，死亡。时间起什么作用？

这可不是什么智力测试。

我就想知道我在时间的分分秒秒中做些什么最有意义呢！要不然明知道死亡终会来临，我干吗要费劲地想到责任感，干吗要费劲地用脑子！

这是我认为唯一有价值研究的哲学。

H 我们存在的原因

信息广场的抽屉里装着我的命运。我一直在想，时间意味着可能性，我后悔选择了富有，自由的存活岂不是比富有重要得多，像恐龙那种庞然大物都死去万古空，可见生命比一切重要。肉体生命就是时光。不管怎么选择，活命仍然是最重要的！

"我们现在的第一目标，是让我们的小萝莉得救！"我想去往有医生的时代，语音刚落，就来到一个全是古堡式建筑的地界，通过望远镜中的影像看到周围中世纪风格的高塔尖顶，如同巫师的城堡。

视线里突然明亮起来，鹅黄、绯红、炭黑等各种色调布局得如卡通界面。

"桃、杏、梅、方……"美美数着眼前的景象，吃惊地问，"怎么会有扑克牌出现呢？还有记录器，上面是倒计时！"

我站在按钮前，选择进入扑克牌的数字世界。

吸取上次失散的教训，由美美看着也莉和飞碟，阿睿跟我进入城中寻找医生。我们来到棋盘大小的游戏场。

"这里的游戏规则是怎样的？"阿睿开始打探。

"按照游戏程序，这里有四道关卡，第一道是黑桃，代表大脑，我们会遇到问题，需要正确回答了，才能进入城中；第二道是红杏，代表爱心，我们会遭遇种种迷失；第三道是黑色的梅花，代表身体，我们可能遭遇死亡；第四道是红色的方，代表征服心，要克服最后的困难，就能见到巫医。"我指着游戏关口的标牌告诉他。

这些游戏中的扑克牌必定藏着某些秘密，它试图让我们找到"心"吗？这会不会也是信息广场传递回来的心灵影像？

"啊，我最讨厌回答问题！"阿睿看着那些扑克牌说，"城主是谁？是扑克牌的大王吗？"

"走吧！别磨叽了，我们需要的是在有效的时间内过关，要不然就是浪费时间！"当我知道生命就是时间，我也害怕延误任何时间，耽误了别人的生命，比如那个小姑娘。

我们迈出一段路程后，就被扑克牌挡住，全是黑桃。四周拿着气球的小丑像盯住我们，对我们从四面八方放箭，可能只是威慑。我受烦扰之下，抢过扑克花牌 K 手中的剑，向小丑们刺去，无意刺中了气球，啪嚓，气球里掉出了一道题："你为什么活着？"

"啊！"阿睿讨厌这类抽象的哲学性的问题，他不相信这种问题有确定的答案，"怎么办？我不敢轻易回答，怕错了。"

"我也不知道怎么回答！"我更惶惑，脑子里迅速随机地编织各种答案。老实说，我对这个问题越来越迷惘，每天得过且过，日子如水流逝，几乎形成一种惯性的模式，日复一日，如舌头吮吸唾液般吞噬着每个昼夜，毫无意义地活着。

"为了不白来到这个世上吧！"阿睿刚回答，就被小丑射了一箭，这箭不会致死,但射到身上会很疼。他又接连大叫,"要不就是为了努力得到幸福,得到回报。"

时间一秒一秒过去。我的脸上也受箭,被催促赶快作答,在游戏空间,时间虚耗就意味着将面临失败。

"活着就只是因为存在,没有别的原因!"我捂住头回答,"管我们是谁呢!"

然而它们不置可否,继续朝我射箭。

我想到心,这是生命意识的源泉,"是因为有梦想,那是让自己去征服一切的最大动力!"

扑克牌就像杂货店里的小二,和我们做着买卖,问:"梦想有多重?到底多重呢?"

"梦想是最重的,因为它最难放下。"我说。

阿睿打了个喷嚏,也许对此感同身受。我的哲学赢得了小丑们的认同,它们没有再射箭,面前的黑桃方阵移开,让我们进入城堡内。

我们随后看见红杏J阻挡在一个通道入口处,阿睿嘀咕:"现在才知道花牌多么讨厌,它们都是有剑的。"

小丑们朝他喷水柱,看来它们讨厌被背后说坏话诽谤。我在阿睿耳边叮嘱:"碰到大王或小王,一定要更加小心说话!要不然说不定会被砍头,连命都没了!"

"噢!"他一副自讨苦吃的表情,"你确定我们能见到巫医?"

"扑克就是巫术的象征形式,它们最早是用来占卜的。"我说。在游戏程序中,时间很重要,我赶紧问红杏J:"怎么能见到大巫医,我们有朋友吃了迷幻蘑菇中毒。"

"他在哪里?"红杏J彬彬有礼地问。

"她在城外，要不，我们把她背来！"我赶紧说，红杏果然是有爱心的。

"快去吧！"

我和阿睿急忙往回跑，过了一会儿，我转身看，红杏J另一边冷冰冰的脸朝向我们。我停住，拉着阿睿的袖子说："别轻信扑克牌！红杏J是有两张脸的，一正一反，它有两面，也许有时善有时恶。"

一些红杏牌经过。

"它们都在想什么？"我问。

"吃喝玩乐。"阿睿判断。

那些小丑们又朝我们喷水柱，我们赶紧逃离，跌跌撞撞碰到红杏3，它像小兔子一样，一直在跳跃，我们跟着它跳跃，没完没了，阿睿着急了，就故意刺激它说："红杏A说它比你大，比你重要，是吗？"

红杏3的脸扭曲了，大叫："胡说！红杏A就是1，1才是小不点儿。"

"在扑克世界里，A不是除了大王小王最大的吗？不过，为什么有A没有1呢？"阿睿摸不着头脑。

对于这个问题，我猜大概是1的看相不好，所以用A代替了它吧，而A又是字母里居首的，因此比花牌大，可见扑克世界也是循环管理原理，将最小的A放在统领的位置上，为什么要这样做？也许是因为它们每个都不是处在孤立的环境中，牌的序列上的每一个都和前后存在联系，如A和K、2存在联系，2和A、3存在联系。

世界上的一切都不是孤立存在的，所以要有爱心也是基于此，能给予别人才会有所得。

明白了！

我对红杏3说："你不是小不点儿，你是扑克序列中独一无二的，谁也无法代替你！缺少你，你们的世界是不完整的！"

红杏3笑逐颜开："独一无二？哦，天哪，是的！谁也无法替代我！"它似乎找到了爱自己的理由。

它停止跳跃，我们问它去往梅花世界的通道，它指了指黑色的森林，表情有些惊恐。

我们走进去后，阿睿问我："巫医会在这里吗？"

看见黑色的扑克牌，我们都会情不自禁联想到死亡。

"小心，不要乱摸乱碰。"我和阿睿就像两个小偷一样踯躅前行，看着各种序号的扑克牌不敢擅自打招呼，因为不清楚它们的底细。

不远处，梅花Q顶戴皇冠，坐在轿中，面有骄色而来，我拦住梅花Q问："请问女王陛下，怎么进去就医，还望海涵指点？"

"你们是谁？"它趾高气扬地问。

"我们有一位朋友吃了迷幻蘑菇中毒！"我和阿睿高呼，怕它故意装作听不见。

"哦！迷幻蘑菇。会使人产生幻觉。我的口袋里有止幻药，送你们一剂吧！"它抛给我们一个细瓶子，就甩了甩手离开。

我们很犹疑，不知道这止幻药有用没用，但瞧见它傲慢的背影，也不敢追上去多问。有女王脾气的女人，不易纠缠。

"Q说的是真话吗？"阿睿问。

"不知道。"我回答。

梅花2从水中漂过来问："你们要过河吗？"我和阿睿点点头并道谢。

它横在水面上,我们就跳到牌面上去,跟着它漂行。穿过中世纪风格的碉堡,四周是挂满油画的壁廊,令人目不暇接,我正眼花缭乱,不料它翻身回转,我们就掉在了河里,全身湿淋淋的,幸好我和阿睿都会游泳,赶紧游到岸上,看到岸边有一些坟冢,我们俩毛骨悚然,阿睿突然大叫:"你看,那上面还有碑呢!好像写着'你所不知道的真相'几个字。"

我和阿睿好奇心来了,赶紧过去看。这是死人的坟碑,不知道他们是溺死的还是被毒死的,我们一摸止幻药还在,担心它说不定就是毒药。

"真相就是不能轻易相信别人,呵呵!"阿睿聪明地猜测。

"那这个碑是用来干什么的?"我摸着它问。

"掘开看看!"阿睿比我更果敢。我们想到就做,先是刨土,推开石碑后,就扒开碑下的泥土。

"会不会有僵尸?"他问。

"我们要打赌吗?"

"好吧,如果看到僵尸就赶紧跳到水里,它们怕水。"他说。

阿睿很有想象力,但也想不到石碑下是什么。

"啊,是一本书!看起来很古老的书!"他不知道这里面藏着什么秘密,就把它交给了我。

"里面有很多抽象的符号,像是关于这个世界的神秘讯息。"我根据内心的感应判断。因为它们可能来源于信息广场的抽屉。那些抽象的符号代表什么意义呢?在人类文明早期,总有一些方术对人类的命运洞若观火,譬如周易,用数字就能预测宇宙的变化,概括宇宙错综复杂的变化结构。

我们正准备辨识那些符号,周围暗下来了,像屏幕快黑了一样。

很显然，统治游戏程序的时间不容许我们久待于此。

"现在怎么办？"他问。

"赶快借助扑克牌的力量离开这里。"

我们在河边守株待兔，梅花9飘过来，我们就跳了上去，阿睿把那本神秘的古卷放在怀里，免得掉在水中。

梅花9一脸苦相地问："你们说说，我为什么会被梅花J打败？它又不是数字。你们不说，我就不前行。"

这个问题难住我们了，扑克牌游戏的规则中，我们一直把梅花J当成11点，比10要大一点，可它并不是数字啊。我笑道："潜规则只可意会，不可言传！"

"什么是潜规则？"梅花9问。

"就像数字10要比数字9大，数字9又比数字8大，这是数字世界默认的规则，默认的规则也就是潜规则！"

"为什么扑克牌到数字10就没了？"它又问，角度很独特。

"因为数学不是很重视十进制嘛！从十到百，百到千……能包括所有的数字。"阿睿回答。这次他也许说对了。

它嘿嘿一笑，驮着我们到了红方的世界，天终于大亮，眼前一片红彤彤的感觉，到处是方牌。

阿睿火速到离他最近的方块3跟前问："请问你知道医生在哪里吗？"

"不知道。"它漫不经心地回答。

他没有得到他想要的答案。这在我的意料之中，提醒他欲速则不达。

"没辙了！现在都失去目标了。"阿睿叹气。

"当你越是找不到目标时，说不定目标就和你越近呢。"我安慰道，

"我们的目标是见到巫医,你看看神秘书上有没有关于他的记载?"

阿睿把古卷翻开,从头到尾都是一些虫子似的符号,他也看不懂,就摇摇头。

"嘿!都是天书!没有什么用呢……"他无奈嘟囔道。

是关于宇宙的秘密,我猜想。就我所知,一切书籍都是记载宇宙的秘密吧。但好像它不容易被读懂,至少我们此时没能读懂它!

我面对扑克牌数字垂头丧气,遗憾地想,我一生有无数次失去信心和毅力,也没有什么大的梦想,一直庸庸碌碌地活着。

"你怎么了?"阿睿问我。

我焦虑道:"最怕想到任务、目标和梦想等,一想到这些,就觉得自己的信心不堪一击,我好像从来没有真正做成功什么呢!所以,当想到目标,就感到不自信,不知道自己是否能完成!"

"我也一样啊!人人如此!"他乐观地笑道,"你不总是说态度是最重要的嘛!"

"可是……"我闭着眼睛说,"有时心情决定态度。"

"你想怎样?放弃?"

"不,继续跟随程序吧。"

"都是迷幻蘑菇惹的祸。难道说人类的最大危险来自食物?"他张大嘴道。

"吃也是为了生存。一切迷惑都来源于生存呢!"我忽然醒悟。

我们生物体构建了信息广场,那里接收我们所有的生命意识,包括所有生存的迷惑。我们在现实世界的经验中感到的困窘,也能在游戏里的信息广场找到答案。当我越想找到答案,我对它的感应越强烈,心灵影像也越清楚。

我仿佛躺在一片红色的迷幻蘑菇上，仙后穿着古希腊的仙女服饰轻盈地向我走来，头上戴着五颜六色的花环，像母亲一样抚摸我的头，问："怎么啦？"

"我不开心。"

我向她诉苦："有时候，觉得一切都无意义，尤其是当我意识到人活着，要有某个目标或梦想时，我就越是觉得没有意思，难道我们就不能离开目标或梦想活着吗？"

"目标或梦想其实就是希望。"她淡然地回答。

"为什么要有希望地活着，我宁愿什么都不想。"我陷入某种无意义的、空虚的纠结中。

"可是你之前不是向我许下了很多愿望吗，这就是你的希望。"她似乎抚摸着我的脸说。

"我在游戏程序中，需要不断地靠近目标，挑战各种可能性。"我有点倦怠。

"难道生活中不是这样吗？"她启发我后，就从我身边消失了。是啊，难道生活不是这样……

"快！"阿睿指着方牌说，"不如我们胁迫它带我们去要找的目标吧。"

我调侃道："那就胁迫方块4吧，这个数字我们好像没接触过，也许它暗藏玄机，每个数字都有它的意义，如我们会看见梅花2在水中，可能就因为它的形象像鸭子，见到梅花9自救，因为9的谐音是救，数字和命运可能存在某种关联。"

"噢！这倒有趣！"他却信以为真。

我和他盯住方块4，等它一出现，就从左右按住它问："城主在哪里？巫医在哪里？"

"不知道。我只知道扑克牌5以上的数字都是我的敌人。"

"那扑克牌3以下的数字就是你的朋友了吗？"阿睿笑问。

"那倒也不是，也是敌人！"方块4无奈地笑。

"你在城中没有朋友！真可怜！"阿睿假装同情它，"大王小王更加不是你的朋友！"

"你说得对！但我有我自己独特的位置。"它很有自知之明，"我忠于自己，保持自己的本质不变，就能维护这个世界的秩序平衡，一旦'我'乱了，所有的都会乱。"

竟然套不到它的话，我们很沮丧，对于这些游戏世界的数字棋牌，就这样没辙了。

"扑克牌什么时候大战？"我又问。

"随时。只要有玩家。"它透露。

于是我邀请阿睿扮作我的对手，一起打扑克牌，做正反方。阿睿也是游戏高手，不比我弱。当我们变身为玩家时，扑克城开始缩小，成为方块之地，我和阿睿一人站在一边，开始洗牌，这时大王小王也出现在城中，整副牌齐了。

"哈哈！"我两手各捏住大王小王问，"巫医在哪里？"

"干什么？"小王牌中的黑白小丑不满。

"我们的朋友中了迷幻蘑菇的毒。"

"哼哼，那要你看你能不能回答我的问题。为什么扑克牌有54张，不多也不少？"因现身而被捉住的大王牌中的小丑问。

阿睿开始算数字，54减2（大小王）除以4等于13，从1到10，然后是J、Q、K……最后他也糊涂了，还是不明白。

"52张牌代表一年52个星期，大王代表太阳，小王代表月亮，大、小王如果各代表一日,一共表示一年366天,大、小王如果合表示一天,则一年365天。桃、杏、梅、方代表春夏秋冬四季。所以,扑克牌暗合天文历法的规律,代表的是时间的秩序。扑克牌就是关于时间的游戏!"我回答。受到游戏中滴答滴答的声音的启发。

"对。每个人只有在时间面前是平等的!"阿睿的附和,让小丑更无力辩驳。

"噢!你们的智力的级别合格。"两个小丑一起点头,指着城堡中心的岩石房子,"进去吧!"

那城堡的核心地盘是黑色的岩石峭壁,有一股炭熏的味道从里面散发出来,我们咳嗽了几声,看到披着白头巾的女巫坐在地上,神神道道的样子,两手的十指虬长吓人,不断捻合又分开,像弹钢琴一样抖动着。红色的颧骨尖瘦挺拔,显得倔强而独立,紫黑色的嘴唇透露着神秘感。

"老天,要我的命啊!炭燃烧起来,不是释放一氧化碳和二氧化碳吗?这是毒气!"阿睿闻到烧炭的气味。

"她大概借助这种气体,让自己处于半昏半醒的状态,能和神灵接触,获得预测未来的灵感。"我捏住鼻子,避免一下子呼吸过多。

阿睿抢先问她道:"我们的朋友中了迷幻蘑菇的毒,请问怎么能得到救治?"

"哼,你怀里不是揣着解药吗?"女巫发出阴冷的声音。她大概指的是女王脾气的梅花Q赐给阿睿的止幻药。

"可是我们不知道它是真是假呀。"阿睿将止幻药拿出来。

"是的,除了神,我们谁也不能相信。"女巫嘴角露出诡秘的微笑,对我们瞥了一眼问,"她是什么症状?"

"昏睡不醒。"我们回答,"可能是吃了坏东西。"

"那就让她上吐下泻，把吃进去的都吐出来！"

"哦，这样简单！"阿睿正要把止幻药扔了，女巫却说："真有时是假，假有时也是真，它们对立存在，没有绝对界限。"

"呃，它是有用的！"阿睿又把它放在怀中。

"是药三分毒，你们看我用的炭，气味浓了，也会致人性命，所以不可多服！"女巫提醒。

"嗯，那你不怕毒气伤你自己性命？"阿睿问。

"谁说毒就不能是药！在生死的临界点，我的意识才能通神！"女巫又念念有词。

阿睿拉着我离开，"她的意思是不是已经说明白，拿止幻药回去就没事了！"

炭的气息太浓，不宜久留。

"等一下，我想问，人类会不会遭遇世界末日？如果这种可能存在的话，人类的一切积极的行动有什么意义？"我想起恐龙的境遇。

"世界末日？你问的很有意思，万物方生方死，方死方生，没有绝对终结的时候！"女巫回答得很客观，"世界上的事情都有两面，就好像你们的手有正反，身体也有正反。乐观点儿！就像扑克牌中的大小王是小丑的装束，为什么？王本来就是最大的小丑，他们是历史上最喜欢给自己涂脂抹粉的，这点有谁比他们更厉害呀！啊哈哈！人本身就活在无始无终的矛盾中！拥有积极的希望和信念，总比消极悲观要好，否则你们也不会到此，如果一开始就悲观，这个世界就没有发展的动力了。"女巫笑得分外阴森，却让我们很透彻地明白了一切。

我想起对仙后许下的愿望，仙后到底是女神还是女巫？莫非她也有两面？

"那我们到底来寻求什么呢？我们希望知道来自信息广场的答案！"我重复自己内心的想法。

"当我想向神灵寻求答案时，我总是先去感受我自己体内的能量……你们也可以这么做！这股能量，它渴望什么，想要做什么，世界就会成为什么样子！"她无比智慧地提升了我们的意识，"你的心，就是你的命运！时间会给每个人答案的！"

我感到身体内有什么能量在震动，是渴望拥抱和谐、平等、自由和爱的能量。我们的心意识就是命运，这就是我到信息广场想要寻求的答案?

我们离开巫师的城堡界面，回到飞碟内，也莉吃了止幻药，渐渐清醒过来，看上去，她的危险过去了，像是发生故障搞坏智脑的机器又恢复了原样。

I 最羡慕的是自由

　　世界是一片汪洋，偶尔浮现岛礁，开阔的，没有方向，视线的尽头都是波浪。飞碟掉到大海之上，远处是朦胧的海岸线，我们绕过它，到达不知名的地域。
　　"会不会是好望角啊？"阿睿凭历史书上的知识猜测，"我们很像麦哲伦、哥伦布航游世界耶！"
　　印象中，好望角的发现是人类从中世纪进入近现代文明的标志，全球化好像就是从这个时候开始的。全球化，真是激动人心的事，原本孤立的大陆板块，因为人的行迹，连成一片。从此以后，任何地方的人的意识觉醒就像蝴蝶效应，会引发整个世界的某些变化。所以任何人都不能忽视这个开始，毕竟我们在同一个星球共享生命意识的成长。
　　我决定休息一下，于是让飞碟缓缓地在海洋上漂行，它不会沉下去。这种缓慢能让我感受到时间像大海里的波涛一样，荡漾"其中"

来回波动，如同受到催眠。

躺下后，我的幻觉中还是打扑克牌的情形，那些扑克牌都会活动，彼此叫嚣，惊出我浑身冷汗。

我站在生杀的扑克牌之城中，涌现出愤世嫉俗的情绪，对一切都失去信任，无论是对朋友还是工作中的同事、领导，我几乎不再信任任何人。朋友或同事之间，竞争多于合作，冷漠多于热情，而领导仿佛只会干一件事，就是指责，只要你的工作稍不能让他如意，出点儿小错，他就大发脾气，他的处境似乎也并不令我羡慕，仍然要被比他职位更高的上司责骂，仿佛管理就等同于责罚。

这种管理模式，很像扑克牌中大点吃小点的弱肉强食的生存之道。

"啊，那是不是海盗啊？"阿睿拉着我的袖子，把我从扑克牌游戏引发的心灵影像中叫醒。我从望远镜的蓝色影像中看不到海盗的脸孔，只看到惊涛骇浪中挂着的骷髅旗。

"是海盗。"我紧张地催促阿睿，"赶快跳过这个世纪。不行，不行，程序已经设定了！"

"海盗要去做什么？"阿睿问我。

"大概是去寻找宝藏吧。"我想不出他们的冒险事业还有什么别的理由。

"听上去很刺激呢！"阿睿很兴奋，又紧张地说，"但愿他们对我们没什么兴趣！完了，他们看见我们了，会不会把我们扔到海里喂鲨鱼……"

海盗船划着水箭一样的波浪向我们驶来，见到飞碟也格外兴奋，用带钩的绳索把它套到甲板上，像打捞海藻似的。我们浑身颤抖，像投向了鲨鱼的怀抱。

那些坐着的海盗似乎比站着的我们还显得高大，他们一边捧着酒碗喝酒，一边瞪着红眼看向我们，叽里咕噜地说着我们完全听不懂的语言。

美美的身形仿佛缩小了一圈，脸也变得苍白。

"为什么这么怕海盗？"我看出她的恐惧。

"我演过被虐待致死的角色，所以很讨厌那些高大威猛的男人，有阴影！"她这样告诉我。海盗在女人眼里竟然是恐怖和暴力的符号，我看看自己，还好一点也不高大威猛。

满脸凶横的海盗盯着美美的脚，很快用带套的绳索将她捆绑住，拽过去说："Wow……"又是叽里咕噜的语言。

女人和男人同时站在男人面前，一定是女人先被对方注意。美的东西更吸引人，到哪里都是一样。也莉被其他的海盗掳去，她的体形较小，更容易被绑缚。接着就是我和阿睿，被虎视眈眈地逼近。

我担心海盗下一步要对我们不利，赶紧捡起甲板上的弯刀，像扔飞镖一样，朝他们扔去，然后拉着阿睿跳进海里。在游戏程序中，我们都是会游泳的，虽然比不过海盗，但起码一时半会儿淹不死。

"干吗？"阿睿感到不解，"这下该怎么办？"

"他们有很多只船呢，我们游到船只的中间，只要不被看见，他们就不会追过来！"

我们摸着船舷潜游，一会儿就溜入船与船之间的狭缝中，刚窃喜，谁知风浪猛涨，海水像暴雨淋头，可怜的阿睿和我只能顺着船上的绳索又爬回到甲板上，否则非被巨浪拍死不可。难怪那些海盗不跳下来追我们，原来他们很懂得大海的特性。

海盗的脚步声传来，我和阿睿只能藏在船尾的货物之中，连暗中窥视他们都不敢。幸而海浪的声音很大，刚才爬船的动静，并没有被他们察觉。

糟糕了，他们在搬我们身边的货物。只有暗中祈祷风浪小一点，然后再跳进水里。阿睿在勾我的脚，用眼神问我，该怎么办？我苦笑，做了个跳海的手势，正等着海盗靠近后就奋不顾身。海上风浪太大了，所幸靠海的货物，他们没有收拾，就回到船舱中。我抱住头，喘了口气，暗想刚才要是被海盗发现了，真不知道怎么办好。

不一会儿，天色暗淡下来，像是煮糊的粥。我和阿睿偷偷钻进舱中去，不能让美美她们等太久，要不然柔弱的女性可能会被践踏。阿睿的眼神比我好使，一眼就看见美美在给那些海盗们跳舞，差点笑出声来。美美倒聪明，知道用这种方式来保护自己，女人的神经质，帮她们掩饰自身的慌乱情绪。

我们蹲在货物旁一动不动，混在木桶中间。海盗们都是粗人，大摇大摆地走来走去。

"他们到哪里去？"阿睿用极低的声音问我。

"不知道。海上雾蒙蒙的，什么也看不清。"我暗想，看得清也不知道去哪里，我们对大海一无所知。

"嘿嘿，不会是去阿拉伯城市吧，把她们卖了。那里有神秘的宝藏，还有飞毯……"他既担心又想跟随去。

我按住阿睿的头，不让他再说话，我们可就在海盗眼皮底下。他们只要俯视，就可能看到我们。

"他们会不会睡觉啊？"阿睿小声问我。

"当然会，可是，我们的目的是跟着他们去往大洋彼岸，所以最好躲在这里，他们干粮没了，就会上岸。"

阿睿和我难受地蜷缩在舱板上，天黑之后，阿睿早就饿了，我当然也是又困又乏，累到几乎要打盹。我们像小老鼠一样，可惜并没那么容易偷到他们的干粮。

美美、也莉被当成东方的女奴，不是被捆绑，就是给海盗们跳舞。估计在海盗眼里，女人没什么威胁吧。

我和阿睿比她们更惨，几乎饿晕过去，体验到了那种奄奄一息的感觉。但这总比被海盗杀死，扔在大海里变成尸孚要强得多。

果然，由于风浪太大，我们的船被推向了岸边。海盗们陆陆续续上岸，我对美美招手，示意她跟着我们一起上岸去。美美和也莉过来后，我和阿睿抱起两个木桶，向船尾偷偷溜去，让她们跳进木桶后，我们也游到海水里。

"我快晕了，好冷啊！"阿睿快支撑不住了。

"等海盗走远一点，我们就能上岸，离开这里。"我说。

"可是飞碟怎么办呢？丢了它，我们可走不了啦！"

我赶紧把两个大木桶和绳索交给他，叮嘱他别让它们漂走了，然后又爬到船上，寻找我们的飞碟。刚进去船舱，忽然觉得后背一凉，被什么东西提了起来。起初我还以为是挂在钩子上，回头看是个身材硕大的海盗把我提起来，咿咿呀呀地说着什么。我的头猛一阵晕眩，四肢软绵绵，毫无反抗能力，只能向他拱手求饶，喊道："饶命！"

大胡子红发的海盗走到船边，把我扔到海里，然后又叽里咕噜地叫嚣些什么，我听不懂，我猜想是要把我给鲨鱼做点心吧。

我的身子软弱无力，像浮萍一样，巨大的海浪扑打过来，我几乎要被淹死了，这时又看不见伙伴在哪里。我不敢大叫，否则打草惊蛇，连累了他们，说实话，我也没力气大叫。等我游到岸边时，我累坏了。

我感到脚上好像有爬虫翻过拇指，赶紧把它们甩开，是跟着海水爬上岸的螃蟹黑虫等有壳动物。我连忙站起来，又跑到海水边，料想他一个人恐怕很难将两个木桶拖过来。

"喂！喂！"美美竟然在我身后叫喊，我回头看，她和伙伴们都站在岸上，看见我一脸迷糊，就笑道，"正好顺着风浪，木桶自己漂到了岸上，运气不错，事半功倍，这可是我们旅程中唯一幸运的事！"

"去找吃的吧！"我有气无力地说，饿得连半个笑容都没劲绽开。

瞧，人就是要服从运气的！我想不出除了运气，宇宙什么主宰我们，人的一切生命活动，甚至包括遇到地震、海啸等，都跟运气有关。

我猜，我们的运气和世界历史的进程合起来就是我们的命运。

我们往树林里走去，尽量避免碰上海盗，但是吃的东西确实也不多见，这让饿坏了的我们更疲惫。远处星火点点，我们怀疑是海盗在那里点着篝火。

"我们也烤东西吃吧……听说蛇肉的味道很不错。"阿睿一副饥不择食的样子。

"不行！好恶心啊！海盗们可能在吃蛇……肉，对不对，那也许有毒吧？"美美不知道是厌恶还是害怕。对于蛇的美味我们都有所耳闻，我现在也不顾忌蛇有毒没毒，能捉到它们就不错了，只要别被反咬一口。

"要是有火鸡肉就好了！"阿睿垂涎欲滴，仿佛在篝火中看到鲜艳的火鸡像火星子一样跳跃，"我从来没吃过火……但吃过鸡肉。"

我想起职场枯燥的生活，反而羡慕海盗的生活，他们不被管束，特别是想到哪里就到世界的哪里，可比我们的生活自由多了。

而我在职场又算什么，最可怜的那种生物，领导挣的钱是我的十倍，却整天用臭脸对着我，动不动就警告恐吓，仿佛错误都是我犯的。每次想到这种情形，我就恨不得"末日"马上到来，重建一个新文明气息的世界。这种工作上的压抑，是一种无形的压力，当置身其中时，仿佛感受到的只是工作的紧迫感，等走出后才发现被工作任务和工作时间绑架了，没有自由。周围的环境冷漠枯燥，内心也会逐渐变得冷漠枯燥。如果不是事业本身给我的存在感，我大概早就逃离了工作岗位。

因为困倦，我的眼睛很快闪出星星，不知道过了多久之后，恍惚见到眼前出现了一些头上插着羽毛，穿着奇异服饰的人，很像美洲部落的人。

我忧心忡忡地想起海盗，向四处张望，看他们有没有俘虏我的伙伴们，但周围一片雾气，我仿佛仍在昏迷的状态。不知道为什么，每次在这种催眠般的状态，我就能见到仙后，似乎她常常因为心灵感应，能进入我的意识。

她这次打扮成印第安人的小姑娘，俯身看着我问："头还疼吗？"

我高兴地点头："有一点儿！你怎么在这里？我的朋友呢？"

她的脸绯红，笑道："你不是说，渴望和自己真爱的人在一起吗？我是你的第一个愿望。"

我大概记忆模糊了，或者饿晕了后更渴望实际的物质财富，就说出潜意识里的另一种想法："我的第一个愿望不是你，是拥有一个占领全球的跨国公司！"

她似乎生气地用棍子打了一下我的头，我更晕晕沉沉，直到清醒过来，这次是被美美叫醒。

"饿了吗？"她问。

眼前晃着玉米，烤得焦黑的玉米。我一阵感动，点点头。

"你们看到美洲人没有？"我问伙伴们。

阿睿和也莉在一旁吃烤玉米，不亦乐乎。

看来海盗没有来。

"没有。难道你也吃了迷幻蘑菇？"他问。阿睿的回答，让我很失望。

"看到印第安人模样的人，要友好，他们是本地土著，尽量不要得罪。"我叮嘱。

透过树叶的缝隙，我隐约看到对面有人，我钻过去，竟然看到海盗的身影，他们还没有离开？他们好像让一个印第安人模样的人跪下来，然后用刀随意割他的长长的零散披开的辫发。想起某些野蛮民族有割头皮的习俗，我毛骨悚然，感到喉咙发痒，立刻低头转身回去，叫伙伴们赶紧逃走，不要再在附近晃悠了。

"怎么啦？"美美问。

"有海盗。"我低声说。

"啊！"美美的腿发抖，拉着我问，"往哪个方向逃？"

我们显然是朝更远离大海的方向跑，我告诫阿睿不要吃烤玉米了，否则玉米粒掉下来，会被海盗循迹追来。

"海盗为什么逼迫当地人？"阿睿问道。

"为了想知道宝藏在哪里吧！海盗在全世界巡游，就是为了寻找宝藏。他们杀人掠财，唯利是图，想要知道世界上的财富所在的秘密地方。"尽管我对财富也很有欲望，但却无法成为海盗。我没有他们的冒险精神！

我在信息广场的困惑是和幸福有关。

"如果海盗统治了这个世界……"阿睿的猜想令人恐惧。

"那是不可能的事。海盗统治了世界，就变成了各地的君王酋长，不再是海盗。在海上一直漂流的人，怎么能够去治理陆地。"我说道。

"那我们也去寻找宝藏！"阿睿一阵冲动，"我们有现代化机械设备，也许会更容易找到呢。"

他只是出于好奇，但我却敏感地意识到这是我想要拥有财富的愿望实现的机会。

我们在"死亡星球"的游戏里，游戏中的时间就是寓含生命有无数种可能性，就像数字有无数种排列方式一样，愿望也会有无数种实现形式，这是因为时间、空间和意识也会有无数种组合的形式。

时间的存在形态不一定是光，或者波，但一定是"可能性"。就算 10 个爱因斯坦在我眼前，我也会这样认为。

J 财富的诱惑

我们果断地决定，在游戏中一起去寻找宝藏，这好像复制人在现实中的需求，对财富的需求。我们要比海盗更快找到宝藏，这就是我们接下来的行程的方向。当我们知道有宝藏，我们不能装作对宝藏毫不在意，谁也不能！宝藏就是财富，富有能让我们在树林里建很多别墅，拥有很多奴仆，过国王般的生活。反正都是会死的，生活就应该更好点。

从海洋到大陆，我们这个星球表面就分为这两个部分，这样看，世界就没有那么复杂，但是生活在上面的动物，就不胜枚举了。我们没准会遇到豹，老虎，狮子，这些动物起先在自然丛林中自由自在的生存，"后来"只能在动物园中见到。幸运的是，它们都还生存下来。

在前工业社会，久远大陆的神秘气息扑面而来。这些大陆上的文明，到底存在了多久，没有人知道。在历史上，大多数文明都消失了，包括那些可能存在的巨人族、小人族等,"上帝"经常会有令人惊奇的杰作,却也许只是留下少数的文明的遗迹。

"海盗应该不会追来了吧?"跑了很远之后,阿睿蹲下来气喘吁吁地问。

"很难说。"我对这种粗野的生活竟颇有兴趣。

"这里好像是神庙!"美美指着那些古文明样式的土石建筑,路口有虎头,巡视地问,"我们可以进去吗?"

"可能是禁区。"我捂着腰喘气道,"小心为上。"

神庙周围有许多雕着人像或动物纹的柱子,气氛肃穆。等了一会儿,没见任何人出入,我们才敢进去。

竟然发现了躺在地上已经死去的海盗们。

但是,我们向四周看了看,并没有发现可疑之人。当我们转向入口时,却看到一个印第安人装束的人。阿睿忍不住叫了一声:"有鬼!"

神秘人也被吓了一跳,用惊恐的眼神看着我们,判断我们没有恶意后,向我们点头示意。我依稀记得他似乎就是被海盗们欺凌的土著人。神秘人不知道海盗们莫名其妙死亡的事情,他从我们的手势中得知海盗们没命了,露出惊奇和欣喜的表情。也许以为是我们杀了他们。

阿睿没有在神庙里面发现珠宝之类,于是我将海盗们的衣裳一一解开,看有没有藏在衣服里,但也没有看见珠宝,只有一卷像用树叶制成的纸,打开一看,能判断出这是一幅航海图。海盗身上有航海图太正常了,但是我看到神秘人瑟瑟发抖,突然将我手中的航海图夺走。

这似乎有点不寻常,航海图可能来自他这里,我还给他就是,但他流露出紧张的表情,显然是很在意。

地图上画着地球上的地理情况。很详尽的全球地理图,乍一看,还以为是现代绘的呢。有很多树啊,还有山,水流,甚至金字塔的形状,但不像是埃及的金字塔。

我们不约而同猜测,海盗们大概是为争夺航海图起了内讧吧。

瞬间,我感到喜悦。几乎所有的古地图都显而易见和宝藏联系在一起。有地图的地方,就有财富,否则人们不会花工夫制作它。

我们随着土著人去往有人烟的地方,美美看见周围到处是幽深的树林,便问:"到哪里了?"

"我们从信息广场来,时间和地点兴许都是模糊的东西。"我说。

这只是游戏里。幸运的是我们还活着。时间在这里不快不慢,我们感到很轻松。

看见很多雕刻神的图像,花纹繁复对称,色彩古朴庄重,图像中人神合一,眼睛大大的,嘴唇厚厚的,有一种说不出的诡异,很像是有神秘性质的涂鸦。还有大量动物图腾,如插着羽翼的龙图腾,状似美洲玛雅人尊崇的羽蛇神灵。

"这是个神秘的民族,就像古埃及一样。他们据说懂得宇宙语言。从他们这些民族遗留的文物里,知道他们通晓宇宙历法。"我和他们举着火把,仔细瞧着周围。

"为什么这些古文明繁荣一时后,都会消失呢?"阿睿感到不解。

"我的迷惑,不下于你们。我们在信息广场,应该问这个问题。宇宙的秘密,是我们很难了解的!"我边走边叹息,"一些文明在历史的进程中消失,是因为不符合世界潮流前进的方向,也就是偏离了宇宙的'正能量',我们要吸取教训。要不然,我们的工业科技文明也许不能再继续存在更长时间,因为有太多毁灭的因子潜伏。"

"啊,第一次听说,旧文明消失是因为偏离了宇宙的正能量。那我们就应该去跟随宇宙的正能量,对不,这就是我们要找的最重要的'宝藏'?"阿睿很聪明,让我也开了窍。

我点头。"人类必须知道正确的生存方式,否则,就可能走向毁灭,和那些过眼云烟的民族一样。说到底,生存权高于一切,没有生存,就没有其他的价值可言。"

"那个神秘人,不会就是玛雅人吧?听说他们不是与世隔绝吗?我们从信息广场来到这里,难道说他们会比我们有更高的智力知道宇宙的真相?"美美偏执地认为过往文明微不足道,它们消失只是因为过时了。

"他们没有完全过时,比我们现代人更早精确地了解天体运行的时间,这很了不得……一个能发现宇宙天体运行规律的民族,就像懂得宇宙的语言一样,这也是宇宙的奥秘。"我毫不怀疑,了解宇宙的物理结构,是人有别于其他动物的长项,毕竟没有见过狮子或大象自行去往太空,探测其他星球。

"他们有吃人的习俗吗?"美美惊惧地问,"只要有这种习俗的地方,都不适合人生存,不管在哪里!"

我没有赶紧要走,反而态度超然地说:"任何民族都有禁忌,他们认为这样会得罪'神灵',我们小心不要陷入这些文明的陷阱里面去。其实,每次突破毫无意义的禁忌,文明才会前进一大步呢!"

"那我们到这里来了,回去怎么找到飞碟呢?"她担心它失而不得。我们光顾着躲避海盗,忘记了最重要的事情。我们正是通过它潜入宇宙的命运中。

"去见这里的首领,也许他能帮助我们。"阿睿向那个土著比画。

但是对方的话,我们完全听不懂。正说着,路上一棵小树被雷电一劈为二,他更加浑身颤抖,对那束天外来的雷电之光顶礼膜拜。

"他还以为是死神降临。"我告诉他们,土著人把雷神看成死神。

"我想见森林里的公主……"也莉的想法很天真,可能和他们仍沿袭的崇敬皇室的文化习俗有关。各国家或民族的文明,塑造他们的生命意识。

"玛雅的领袖不是国王,而是祭司,他们是信神的民族,祭司主持他们的神圣仪式。"我对这个神秘的民族略有了解,"那就不用再和这个土著啰唆了,他不知道我们是谁,也听不懂我们说什么,智商也许只是下等,帮不了我们什么忙。"

走在美洲大陆古老丛林中,有些闷热,周围散发着浓厚的草木的气息。这里有别于机械社会的文明,没有随处可见的机器。但是我们并未觉得不能活下去。

晚上在此地住宿,夜半之后醒来,发现我们都被绑架了,也莉却不见了。

"女人真是麻烦的动物!"阿睿以为她独自去哪里了。

"呸,你就像这里的人一样歧视女性,文明的进化一点都没从你身上看出来。"美美不满地说,"这里的夫妻之间,好像没有爱,瞧见了没有?他们还可以买卖老婆。那女孩有可能被拐走卖给人家做老婆呢!"

"那些土著人看上去很喜欢她,应该待她不错,她一定会好吃好喝的。"我安抚他们,"美洲人据说是亚洲人的后裔,基因会让他们感到我们是可以亲近的人。"

"我们还是赶紧打听一下她吧,眼下她正处在危险中。万一她受到伤害怎么办?"美美表现出难得的善意和关怀。也许她担心下一个是她。她对于土著文明没有好印象,但是对宝藏却很好奇。

这样好的月色,我们却无心欣赏。

我想到了一个混进土著人中的好方法。美美不是会化妆嘛,待会儿我们去偷一些土著人的服饰和羽毛等,打扮成他们那样子。

那些土著人大多朴实,当我们趁他们跳舞时,钻进去,也没有人注意到我们。但是我们也没发现也莉在其中。

"他们绑架一个小姑娘做什么?"美美纳闷,难道为绑架的不是她感到遗憾。

"我们不如也绑架……"我不得已出此下策。

我和阿睿假装友好地挽住一个土著少年,走出人群不远,然后按住他的嘴,拖到森林里,我用手势问他,有没有见到这么大的一个小姑娘。他拼命地摇头,然后惊讶地看着我们,就像我们看见信息广场的外星人一样。

"哦!"我们只好放了他,向美美吹口哨后赶紧逃走。

"现在怎么办?"美美又发愁地问。

"如果这群人中没有看到也莉,她也许被人贩子卖到城里,我们更难找到她,不如先把安身立命的飞碟找到。"我担心海盗们的船开走,我们就玩完了。

到达海边时,那些船还停靠在岸边,海盗们一时并未离开,也许在等神庙里死去的那几个伙伴吧,他们大概没想到同伴为了争夺航海地图,而自相残杀。我和阿睿趁黑夜游到大航船边,夜深宁静,只听得见大海的呼啸声,我们摸着缆绳爬到甲板上,这次真幸运,那些海盗竟然将来路不明的机械搁在船舱外。

我们欣喜如狂,刚钻进飞碟的机械体,不料惊动了海盗。

"噔噔噔噔!"

他们大步跑到甲板上来，胡乱抓住飞碟，还想要把头探进来。我们当然不能让他们挤进来，我把飞碟的操控器给阿睿，然后自己用准备在手的石头拍向他们，争斗中差点儿被海盗捏住腕子给拖出去，但最终，我们的机械体起飞，把海盗们甩在了船上。

现在我明白，海盗为什么不能成为世界统治者，他们对于世界上的新鲜发明没有好奇，除了财宝之类。这样的人，怎么能成为文明的推动者呢。

宇宙啊，我越来越懂它的语言！

K 最有价值的是财富吗

我们来到土著人住的城区，把飞碟藏在森林中后，仍以他们的装扮，到处打听也莉的下落。可是没有一个人见过她，这让我们很着急。

"这个时代，要是有手机就好了，问你在哪儿，她就会告诉我。"阿睿叹息。相比而言，信息时代的优势无与伦比。

"信息时代不仅仅是更快捷，它大概是最接近信息广场的！"我说。

忽然想起，飞碟机械体里面有空间定位系统，于是飞奔回去，我尝试用操控器设置搜寻对象的身高体形，还好我们的方向指示灯有反应。

我们来到方向指示灯所指示的地方，大叫也莉的名字，但一直听不到任何人回话，我们又饥又渴，越来越着急，最后竟在附近迷路了。前面出现了一些戴着各种金银首饰甚至鼻环的人，我们转头就跑，却被抓了回来，被押到神庙前进行审判。

到任何别人的领地，他们总是怒气冲冲，认为被侵犯一样，真是画地为牢。星球上的任何地方，本来就没有特定主人。

这群神秘部落的人在集体祈祷，像是审判前的仪式。我抬头看，天空很是绚烂，他们也许在乞求神灵的降临。部落的人来问我们，但说着我们听不懂的语言。从他们的表情，我判断可能是问，我们从哪里来？

"我们是信息广场的人民。"看见他们听不懂，我把脸上的涂彩抹了，暗示他们，我们不是寻常的当地人，没必要遵守这里的神规戒律。

土著人要去看我们的飞碟，我们只好领路，就像他们的俘虏一样，行动并不自由。找到飞碟之后，他们要将它淹入圣池中，因为他们担心这个奇形怪状的东西是神灵派来的。

我也无法阻止，只能眼睁睁看着这些部落的人把飞碟机械体抛入圣池里面。好在碟形的机械体本身也是船体的构造，浸于水中后漂浮，没有沉入水晶池底。部落人感到大为吃惊，认为我们来自外星，要把我们引荐给首领。这是好事，也许很快就可以知道也莉的下落。

这里祭司很受尊崇，当我们几个"信息人"来到他面前时，他旁边冲出来一个女孩，额头上刻着飞鸟的文身。

"她是这里的'公主'。"正当我们惊诧不已时，也莉从人群中走出来，做了一个祈祷的手势，"他们要把我祭献给神，是她救了我，我求她帮我找到我的朋友。"

土著女孩灵敏好动，她戴着奇形怪状的面具，看不出年龄。论轮廓，她和也莉似乎颇为相似，除了发型，难怪他们可能认错。我有时候几乎不能分辨她们。也莉像是在另外一个地方遇到自己，也有可能美洲人真的是亚洲后裔。那个可爱的女孩梳了梳蓬松的头发，取下面具,肤色淡淡的黑,眼睛又大又圆,还算秀气的脸庞,像漫画里的异域女孩,阿睿盯着她有点着迷,就像我看到仙后一样,仿佛看到心里想看见的形象。

我们找到也莉后,就回到飞碟将沉没的地方。土著女孩告诉我们:"这个水晶池……是圣池,你们不要轻易下去。"

我站在圣池边上,用手指触摸池里清澈的水,里面含有很浓的石灰石熔岩。

我们将带着铁锚的绳索掷出去,但是即便钩住机械体,也无法将沉重的它拖过来。

"我……来……"那女孩单脚踩踏在绳索上面,一跳一跃地到达飞碟的机械体里面,像幽灵一般。

"可是她不会操作哦,我去!"阿睿学着那个可爱的女孩,也单脚站在绳索上,小心翼翼地一步步走过去。

可是他们很久没回来,直到天黑,连绳索也看不清了。眼前的圣池,是一片石灰水池,我跳进水里,试着往深处游去,依稀看见到处都是岩石,顺着岩缝穿过去,那边别有洞天,岩石堆砌而成,四周熔岩倒挂,水面幽深,若有光柱照临湖面,发出水晶般的光泽。我环视数遍,仍然没有发现阿睿的影子。

"阿睿!"我不停叫他的名字,直到我听见他们惧怕的声音:"我们发现了好多尸骨。"

我游过去,果然看到岩洞里有很多骨骸。我不管什么庄严或恐怖,过去捡起一块头骨,左看右看道:"和人的头骨倒是挺相似。"

"不是相似,本来就是,自然森林里的女孩刚才对我说,这里常常淹死人。"阿睿的脸变得苍白,"是不是进入了圣池的人都会被杀死,如果这样的话,我们回到祭司那里,也会没命的。"

"为什么?"我问土著女孩,"因为他们触犯神灵?"

她含糊不清地说:"不,他们……是神的……"

"是把人献祭给神吧?"我问。

她点头。

很多世纪以来,这片土地上,也有和古老东方极其相似的习俗,人们向神明祈雨,于是理所当然给神供奉,他们会挑选美丽的处女以及金银财宝扔入圣池中。

"人竟然会因为这个理由而死去,真是落后的文明!"我被某个时代的真相所震撼,但很快就想到:既然他们会把最有价值的东西献给神,那水里面一定有宝藏。

我重新跳入水晶池里,缓缓沉到底下去。过了一会儿,我就失望地回到水面透气,因为我什么也没看到,除了差点把自己变成骷髅的追随者。

"下面真的有金子吗?"

我坐在岩石上,望着澄清的水发呆,直到和信息广场又产生强烈的心灵感应,抽屉用梦的语言,将我的心灵影像传递到我。

周围是一片空旷的岩洞,仙后从水中出现,很是惊艳,令我目不转睛。我们彼此端望,当我看到她,我仿佛看见这个世界上最重要的东西。

她在水波潋滟中问我:"假使你是他们供奉的神,爱情和财富,你选哪一样?"

"唔?"我犹豫一会儿,最终没能逃离情愫,温柔地伸手过去说,"选择你。"

她把纤细的手指伸过来,水晶般质感的时光戒指戴在她的食指上,我将它取下,换到她的中指,这时她的脸的轮廓由过去的秀美变得苍老起来,近似中年的感觉。我很惊诧,又把中指上的戒指取下来,戴在她的无名指上,她的容颜更加老了,脸上生起了鲜明的皱纹和色斑,我似乎明白了。当我把戒指戴在她的小指上时,她的头发渐渐白了,脸上的皱纹更深,成了老妇人。

从这个角度来看,时间就是肉体的变化,会牵连人对它的好坏的意识和感受。

"啊!我们都逃不脱会老去!"我惊讶地摸着她枯槁的手,几乎不敢看她那随着时光变迁的脸,生怕她一下子也会变成骷髅。

"随着时光的流逝,还爱我吗?"她苍老的声音问。

我很难回答,所有男人都爱秀美的女子,等她成了老妇人,那时候的爱还是爱情吗?信息广场并没能给我明确的答案,我仍要直面人的生命的迷惑。时间似乎告诉我,对于人类而言,世界的统治者不是变化莫测的爱情,而是我们的欲望。

谁说时间不存在?它几乎左右我们一切的选择,一切的……

最终,我对她说:"我选择财富。"

这个选择让我感到生命更实在,无论时间把我的年龄带向哪里,有了财富,我的幸福和快乐都可以建立在它的基础上,包括爱情也可以建立在财富的基础上。难道不是吗?一直没女人爱我,或许最重要的原因是我不富有。

说完,仙后消失了。我略显失望,一切都只是幻影而已,但是过了一会儿,我又振作起来,既然我想要的是财富,那么圣池中说不定就有满足我的财富出现。

我又游入水中,这次我特意去往尸骨堆积的地方,既然它们顺着水势沉淀在那里，财宝也会如此。我一直费劲地游着，幸好水池里没有多少水藻，很透明。圣池周围好像有很多鳄鱼的影子，晃动得令人恐怖，但也许只是石头的影子，当地人不会容忍他们神圣的圣池被鳄鱼所扰乱吧。

跟随预感果然没有错，我大叫："阿睿，看到了，看到了！"

不是看到了他，而且看到了我期待的东西。

我感到激动，那不是宝藏吗？

等他从岩石那边过来时，看见石头缝隙间堆积的金银财饰，和我一样欣喜若狂，手舞足蹈道："天哪，这就是神赐的！"

这里只有我和他。

我想到自然森林里的女孩，问："美女和宝藏，你选择什么？"

他出人意料地回答："我为什么要选择呢，老天给我什么，我就要什么。"

年轻的他遵守自然界的丛林法则，随遇而安，倒是"大人们"被时间塑造出复杂的心性。这就是时间的作用吗？是得是失？

我感到困惑，不知跟从自己的心意识，是正确的生命通道，还是更深的困扰？但这个世界，如果都遵从自然界丛林法则的生存，人和动物有何区别，也就没有所谓进化吧。

可是，难道进化就是我们用"本真"换来的？

L 希望玫瑰统治我们的星球

我听说这里的土著人有种技术，会用水晶雕刻头骨，精致无比，巧夺天工，于是问自然森林里的女孩。她摇摇头，"水晶头骨啊，它们会唱歌，还会说话？是吗？你们到底是什么人？"

"信息广场的人。"阿睿回答，"可以去往世界上的地方，也可以知道世界上的任何事情，还可以和世界上的任何人接触，不受时间和空间的阻隔……"

"信息广场，那一定是神所在的地方啊，我也许做梦时到过那里。"女孩果然很有灵性。

"信息广场在太阳系，没有足够长的绳索能让你到达那里。"阿睿骗她的话，让她感到很失望。

她也很想去那里，但这就像做梦一样，是个概率问题。

其实，信息广场是宇宙中所有生命意识构建的数据库而已。只要人们在思考，那些意识就会是这个数据库的一部分。

我解释给她听，但是她不懂。这就像她还不能理解汽车或者因特网。他们的思考能力有很大局限，如同"未来"的人类看我们呢。

我们冒着可能被处死的境遇，回到大祭司身边。他正带领他们进行膜拜神的仪式，祈祷神佑护他们。

"他们为什么这样？"阿睿看来，土著们像是在自我陶醉。

"在大多数情况下，人和蚂蚁差别不大，都是群体性的动物。"我觉察到，这正和我陷入工作机器的境地有些相似之处。"我们生活在群体中，容易被群体的观念所驯服。"

夜间，土著女孩跟着阿睿去欣赏星空。游戏中的星空美轮美奂，宛若镜子，映照出宇宙的庞大气象。两个背影在星空的幕布下，越发显得宇宙旷远深邃。

宇宙的星图似在不断扩展。我们身处其中，实在是太渺小了。无论我怎么思考，我也不可能洞穿宇宙的奥秘。

我在附近转悠，提防诡异的事情出现。远远地看见依旧本真的女孩光着脚踢阿睿，他却很受用的样子，猜测这小子可比我受女人欢迎多了。美美闲着的时候，就压根儿没有想我吧，让我觉得从男人的价值的角度来看，我大概是最低的那类人。毕竟，人身上最有价值的东西是吸引力。

"你在干吗？"我喝了点当地的龙舌兰酒，醉醺醺地躺在美美的身旁。

她把我推开。"你要想追求我，除非找到那种会唱歌的水晶头骨，哪怕只有一个，如果我们把它拿到未来交易市场去拍卖，你想我们是不是会赚疯？"

她更热衷于金钱的诱惑。

美美真是利欲熏心的玫瑰，即便这样风清月明的夜晚，她不是想要和我风花雪月，度过浪漫而宁静的夜晚，也不是把我当她的伙伴促膝谈心。

"不会吧，就算找到，也应该献给博物馆！"我在试探她。

"哼，你不是傻，而是蠢啊！"她果然又嘲弄我。

我又说道："那我找到它后，可以仿制很多，然后销售出去，获得大笔利润。"

"好吧！你想开店，我投资，你给我赚钱嘛，这种合作方式也不错。"她霸道地说。她原来只想和我保持雇佣关系，让我不满地想，我在她眼里，大概连朋友也算不上。

我们偷偷去水晶池，我告诉她这里有财富，"本来打算把它们带走，但是怕被祭司发现，小心呵，被发现我们一定没命，会被沉入水底，现在你想要，就拿走吧。"

"把珠宝之类带走吧，至于人的尸体骨头，我没兴趣，啊，真恐怖！"她怂恿我。

这时是夜晚时分，月光洒在水晶般的湖面，那些骨骸确实会让人毛骨悚然。

我提醒她，"倘若被土著人知道了，我们可能连命都没有。在生命和财宝之间，你到底选择什么？"

她完全不需要深思熟虑，甚至不屑遮掩地回答："哼，为什么要选择，钱财当然更重要，不是吗？"

"好吧，宝藏。我来了！"

我立即下水将金银财宝取出，游到水面递给她，反复多次。我很怕祭司和当地人会知道此事，那时我们的性命必定堪忧，所以打算赶紧上岸。但是，美美比我想象的更贪得无厌，欲望没有止尽，一直在催促我拿得更多，直到我实在没有力气沉到水下了。

"赶紧离开吧，我们不仅盗窃不属于自己的财物，还侵犯了神。"我感到极其不安。

当我正站起身时，美美从她华丽的包里，突然取出一支黑色枪筒抵住我的腰说："先送我和财宝离开，你再回来找他们，免得惊动当地人！"

"你的枪从哪里来的？"我很惊诧，"不要开玩笑了！把你的道具枪拿出来吓唬我！"

她马上用枪对着我的额头，威胁我说："赶紧把我送去未来交易市场，我要用这些财富去投资。这样，我就可以在全世界很多地方拥有别墅，可以在任何半球上享乐。"

"先去找阿睿他们吧。"我把头侧开。

"不行，去未来交易市场！"她心如磐石。

美美贪婪的样子，就像一只饿坏的雌老虎，但这也许就是她在信息广场的愿望。当她如愿以偿，我却为她役使。

"等一会儿，我们还要找到水晶头骨。这也是一大笔财富。"我提醒她。

"要是根本没有水晶头骨呢？"她犹豫不决。

"如果你想要……得到的话，我愿意为你效劳。"我尽量表现殷勤。说服她的过程，就像在玫瑰花上摘刺。

仙后，难道是她让我在财富和爱情中选择，我选择了财富，因此，美美对我的态度也冷淡了不少。回想我们之间从没有热络交谈、缱绻蜜语，她这枝玫瑰，虽然对我是诱惑，却从来不曾被我握在手中。说到底，玫瑰是有刺的，我却常常畏惧这刺儿，不敢亲近。

很多土著人追赶过来，我以为是又来抓捕我们，谁让我们掠取了他们太多的东西。于是，发足狂奔，结果仓皇中只剩自己一个人了。

我在美洲大树林中走来走去，心底一阵凄凉，感觉被全世界抛弃，但世界上原本什么都不属于我，而我也不属于任何人。人的本质是孤独的，孤独地来到这个世界上，然后孤独地离去，和一棵树有什么分别。

我在树影里发呆，环顾四周，这里是休养的好地方，如果有爱人做伴，真是如神仙般居住的绝好居所。真正喜欢一个人，就会想和她去世界上的任何一个地方居住。

可惜，土著人不懂爱，他们殷勤敬仰的神的影子，不过是类似信息广场那样的所在，通晓一切生命的过去、现在、未来。在这醉人的景致里，没有现代意义上的自由独立的"人"，没有尽情享受自己人生的公民。

这样的环境，配上不懂"玫瑰"的人，是可怜的哟！

一个人形只影单，感到从未有过的孤独。

突然，有人从我身边路过。我过去，比画地问他："有没有见到会飞的机器？"他没有回答，好像根本听不懂我在说什么。

我又问："有没有见到一个长得像我这样的男孩？"他仍然没有回答。我确定他听不懂之后，径直向前走，走到更加开阔的地方，累了，可是还得到处走下去。

不久，我看见一群骑马的白人骑士，拿着刀箭枪炮向我冲过来时，我才停下脚步，疑心自己来到了西方人的殖民时代。他们很有组织性的作风，不像是海盗。到这里来，难道也是为了宝藏？

当看见我时，强迫我成为导游。从他们的口中，我得知他们在寻找金字塔神庙。我战战兢兢地带领着这群骑士队伍，直到隐约看见远处的神坛模样的建筑。

这就是他们寻找的金字塔吗?

我们的马蹄在神坛前停下来,绕着它观看。玛雅人的金字塔如同宇宙的结构,每面的阶梯数之和,加上塔顶的平台,共365级,也就是一年的天数,如日历一般精确。上面雕刻着神像和抽象的花纹。神坛面向四方世界,庄严肃穆,仿佛聚集宇宙的能量,既凝重,又宽广。正如我在信息广场所感受到的,宇宙就是个装着各种能量的巨大无边的盒子。

那些人让我率先登上神坛。我不得不下了马,朝着塔顶走去。

微风熏来,我也懒得回顾。那么多人盯着我,我如芒在背。刚想到这里,就听见身后有箭射来,我朝着塔梯上没命地迅速奔去,回头看时,箭掉落在我脚跟不远处。

我看见迎着日光,阶梯上照现出弯弯曲曲的灵蛇的踪影,像是土著人敬仰的羽蛇神灵现身,暗想这些侵略者大概是看到了蛇影,便不顾我的生死,朝着它放箭。我朝侵略者挥手,想要阻止他们再射箭,但是显然没用,我的身后仍然不断传来箭矢。

直到天黑,完全看不见蛇影,他们才跳下马背,准备到神坛上来。没想到暮色来临时,土著拿着矛和盾牌从四面八方冲过来,朝殖民者围攻。我没有任何武器,处境很危险,只能躲在神坛顶,祈求"神灵"原谅,暗恨美美让我窃取财富,才会使我如受惩罚般遭遇不测之事。

侵略者又骑上马,向持着盾牌的当地武士冲杀过去,彼此血战,我趁这个机会,赶紧从神坛下来,躲在树丛中,等没有人注意我时,偷了一匹马离开。

一个人骑在马上,想回到之前的地方,却在树林中迷了路。路上感到渴了,我到处找水源,又不敢问当地人,我蒙着脸,怕被他们当成那些外来的殖民者攻击。转了半天,又回到金字塔不远的地方,竟然发现了一口方形的井,周围刻着很多神圣的祭祀的符号。当我把头探进井中去看时,仿佛能感受到某种召唤,那种幽深的气息很慑人。

我不信神,当然也不相信有水鬼,也不担心有人会从井下面来袭击我,所以找了根绳索,要到井底去寻找,里面深黑幽暗,似乎能听见那总是在我耳边的声音。人的心理障碍就只有一个,失去了勇气。我心里一直对自己说:

"要忘了恐惧,倘若不能忘了恐惧,我将不能做任何事情。"

我顺着绳索,一点点深入井里,那仿佛是触摸自己的心的过程,愈沉潜,愈发现那些深藏的阴暗的意识。我在井底仿佛能看见另一个自己,好色、贪财,对于他人的死亡漠不关心,甚至庆幸遇难的不是自己。我想得到我渴望拥有的一切,包括像祭司一样得到所有人的崇敬,又想得到骑士和海盗那样的自由。但实际上,我找不到自己究竟是"谁"?人类过去的社会都曾经历过受神主宰的迷信,到了后来,他们既没有了崇高感,也没有了骑士或侠士那样的自由自在,生活在由时间管理的另一种稳定性之中。

某个器具的声音在水里咯噔咯噔轻微地响,仿佛在诱惑我:我可以带着它到未来交易市场。"水鬼"很难抓到,但是我相信只要有声音,就一定有发声源。我摸来摸去,渐渐往深处去,终于摸到了"水鬼",凭它的形状,我想我抓到的是头颅,冰凉冰凉的。我提起来一看,猜测这有可能是水晶头骨,被置于圣井中供奉神灵。我朝井上面看去,幸而此时无人发现,必须立刻离开,要是被发现了,偷了人家的"国宝",注定难逃一死。

地面上的声音传到我的耳边,我抬头,看到那个可爱的土著女孩的脸，她看见圣井中的我大为吃惊，立刻向阿睿招手，然后和他一起拽住绳子拉扯我到井上来。

我出去后，把水晶头骨给他们看，问："美美呢？"

"她也在找这个，还持枪让我们帮她找呢，我们趁她不注意，溜到这里来，土著女孩说神坛附近是大祭司经常来祭拜的地方，哈，水晶头骨果然就在此！"阿睿说，"不过他们为什么雕刻这玩意儿？"

对美美的变化，他似乎也很吃惊。一眨眼，我们这些她身边的人，都成了她的人质。

关于水晶头骨，我推测，"玛雅人认为宇宙的能量在哪里呢？可能就是大脑！所以，他们通过制作头骨，表示尊崇，或用来储藏宇宙的能量。人的生命意识来源于大脑，生命意识又产生能量，也许，头骨真的是能量的源泉。"

"把它交给我！"这是美美的声音。

她还是追过来了。

"其他的水晶头骨还没找到呢，一个还不够，周围也许还有，我们需要分头继续去找，就在这附近。"我又鼓动说。

"我讨厌这里！"美美冷淡地说，"我们的金银珠宝被人家骗了。我拿到当地做鉴定，不知道是不是真的金银，结果被人家看出是供奉给神的，就找了个借口，将它们都拿走了！"

"唉，金银钱财，恍然一梦！"我虽然很心痛失落了这笔财富，却高兴她吃了这个教训，但愿有所警醒。

"所以只有寄希望于找到更多的水晶头骨了。"她仍贪婪地说，枪口又对准我，"上帝为你关上一扇门，就会为你开一扇窗。我不会空手而归的。"

"我们去金字塔。"我告诉她在那里的遭遇。不同意识的文明对抗在那里上演。

"那里也有供奉给神的财宝吗?"她只关心她感兴趣的。

"也许有,可是那里有战争!"我还不知道战事的结局怎么样。

"有战争,就有财富。"她按自己的逻辑思考后果断决定,"那我们等战争结束后,就去往金字塔!我不想死在战争中!"

"好吧,金字塔的骑士等着你这样美丽非凡又热情如火的女士呢!"

"哼,我在信息广场,不是渴望得到爱情,而是很多很多的财富,既然我无法不衰老,我为什么不要在这世界上享受到老呢!"

她手中的枪,仿佛是时间之枪,要的是一生欲望的满足。

"原来如此!土著认为统治他们的是神灵,殖民者认为统治世界的是武器。世界是什么样子,取决于你怎么看。"我充满期待地说,"有一天,我希望玫瑰统治我们的星球。"

到那时,也许我最在乎的是"她",而"她"最在乎的是我。

忽然之间,觉得和她的心灵距离反而近了。毕竟,我们是这个星球上同样的人。即使我们的欲望,也是相似的欲望,想耗尽一生把欲望变成现实。

这是人性的面纱里掩盖的最真实的幻梦。

M 沉睡的自我意识

我们在金字塔附近，看到殖民者和土著人在这里征战的痕迹。仰望金字塔顶，天高云飞，树深林阔，让人难以想象如此宁静的自然环境，不久前还是沙场。高高的月亮升起，森林显得仿佛透明。土著女孩对这里的战事感到意外。

"他们也是信息广场来的人吗？"她问。

"不是。他们是来和你们争夺生存领地的人。"我解释。比起任何金银财富，土地才是人类最大的宝藏呢！

有趣的是，她理解为让他们做噩梦的人。

好像又有侵略者的马蹄声到来，自然森林里的女孩想要复仇，被我阻止。

"不要冲动！还不知道有多少侵略者在后面呢。"我提醒她，"也许，我们可以让'神'杀死他们，以儆效尤。"

从她的嘴里得知，在这个民族被神统治的心灵结构中，仿佛一切都是神灵的设计。

我们把尸体都拖到神坛前的广场，腐尸在烈焰照射过后散发着臭味和霉味，像是得了瘟疫而死的。可惜侵略者没有立刻卷土重来，也许是对"神"有所忌惮。

"他们会相信侵略者是被神处罚而死的吗？"我一边揣测，一边抬头张望，"我们必须重新思考，这些新移民到底是不是侵略者？他们并不是野兽，即使是野兽，在蛮荒时代，也有自由到另一个领地生存的权利。"

"人类本来就分你我，你的就是你的，我的就是我的……不过，人和动物好像没有太大区别，动物也分你我，所以一山不能容二虎。"阿睿耸耸肩。

"也许吧，所有权之争是一切生命的本能。"

我们赶紧去找也莉。我担心她会不会一个人离开，想起她屡次遇险，"男"朋友又被别的女孩抢走，她也许会报复呢。果然，当我们回去找飞碟时，它不知去向。

"他们会处死她，啊，快去圣池吧！"土著女孩提醒了我们，"这里来了坏人，他们一定认为是那个机器带来的，因此很生气，也许会把它献给神处置。"

我们赶紧来到水晶圣池，祭司首领带领族人正要将飞碟的机械体沉入池底，可惜飞碟一时半会儿沉不下去。真是令人胆战心惊，差一点儿，飞碟里的女孩也莉就成了祭品！

她被救后，我问："你在信息广场听到的声音是什么？"

"啊，我只是想知道，我的'自信心'在哪里。我听到它说，我们的运气都是和我们的自信心有关的。"她很诚实地说。

她有些落寞的神情，让人看出被阿睿疏远后自尊心受伤的情绪。

但她的自尊心，让她不愿意表现出嫉妒。她是个好女孩，而美美是个坏女人。好女孩和坏女人的差距是什么？不是智商的不同，而是让人感到世界更美好还是更糟糕。阿睿总是遇到好女孩，他眼光真不错；而我则很没眼光，我内心愤愤不平呢——这个世界到处都是不平，想想就没什么可计较。

"也许至少有百分之六十的相关。"我安慰她，"如果人的自信心越强，'神'就越渺小。你就越没有理由成为'他'的祭品呢。"

"可是，我还是没看见自信心在哪里？"她一脸惘然。

"你如果是在恐惧中，就看不到自信心的。只有恐惧消失，自信心才会出现。"我深有感触地说。

自然森林里的女孩告诉大祭司，金字塔附近来了很多侵略者，他脸色骤变，完全顾不上审判我们，便号召所有族人去往神坛，向神灵祭祀祷告，保护他们民族最神圣的尊严。

那些虔诚的人，深信只有他们的信仰，才能解决他们的全部生命困境。

几乎所有民族都有这么一个阶段，认为其信仰就是天命。

这时，星月已经移上天，我们看见很多土著人在神坛周围，如临大敌，仿佛到了民族存亡的时期。月光映着大树的倒影在神坛的阶梯和塔顶，土著人正对着树膜拜，那是他们眼里的宇宙之神。

星光照耀之下，好像有无数星光在树影里上蹿下跳。土著人有的表情肃穆，有的哭泣，看来战事和屠杀不只发生在一处。自然森林里的女孩举着火把，站到祭司身旁。风吹动星光和树影，人们也开始跳起祭神的舞蹈。

阿睿坐在飞碟里面围绕着他们转，像是侦察兵一样，那些土著人已经理解我们不是他们的敌人，对于飞碟也没了恐惧感。

火把被点亮。那点点的火光让森林沉睡了。宇宙显现出从未有过的宁静。

土著人的祭司领着他们朝天空祭拜起来，火焰罩在他的脸上，他涂彩的绚丽的脸上极为庄严肃穆，头上的羽毛随风舞动。所有的人都像睡着了一样，跟着他向神明祈祷。自然森林里的女孩突然踩踏着树影，从金字塔上跳下来，在周围的树丛中穿过，用火把将它们点燃，宇宙好像被照亮了一样。

美美惊醒地说："他们要干什么，把自己献给宇宙神灵吗？哦，傻瓜，我们赶快走！"

我也没料到他们会以极端的方法守护自己的土地，不愿意敌人被践踏，也许因为他们是敬神的民族，盲目相信神灵会庇护他们。

阿睿赶紧乘着飞碟到地面来救我们。

"就算要死，也要和敌人同归于尽啊，为什么自焚？"他感到不解。

"这是大祭司的命令，我们不能让异族触碰我们的身体，因为我们的身体是神赐的。"自然森林里的女孩说，不过她被我们阻止，没能和族人一起毁灭。

她远远望着刚才放火的地方，无数烟灰飞上天，就像她额头上的克沙尔鸟，向着无尽的天边冲去，再也回不来了。她的眼睛湿润了。

谁都能看见，对宇宙中"神灵"的膜拜并不能拯救人类。但偏偏危险的是，人们宁愿为了神灵牺牲自己。不难想象，这种人类在丛林时代的荒谬的文明，迟早会消亡。

我们对自然丛林中的人的幻梦也破灭了。

"他们是自我意识沉睡的人呢！这一切证明，只有自我意识觉醒的人,才会找到真正的心灵自由。"我仿佛明白了信息广场的启示,"那些古老文明最终消失,是不是就因为那些文明中的人,始终没有觉醒!他们盲目地相信神灵或命运,直到成为尸骸。不过,一旦他们的自我意识觉醒,是不是就会像那些到处开疆拓土的殖民者,占领我们星球的每一个地方?女巫说了,一切都是双刃剑……"

天亮后,我们才能看清昨天这里发生的情景,所有的一切灰飞烟灭。土著女孩呆呆地看着那些黑色的丛林,族人就在灰烬中湮没无闻了。

这里的火可是她放的!她大概悲痛至极,连眼泪也流不出来。

不久听到队列前进的声音,骑士们又来了,领头的骑士戴着帽盔,挟剑而行。我们害怕被撞见,就寻找隐秘的地方躲起来。土著女孩带我们来到当地的球场,这里都是自然界的石砌成,场地宏阔。刚藏到这里,那个穿戴盔甲的西方骑士就骑着马带队过来,在球场上视察。我们大气也不敢喘,躲在隐蔽处,毕竟如果被发现,很有可能会被当成土著处死呢。

马蹄声停下来。不知道他们要做什么?

那个骑士首领脱下帽盔,美美情不自禁叫道:"好帅!"他的轮廓,简直是阿波罗式的美男典范,皮肤白得惊人,嘴唇鲜红,剑鼻高挺,很像传说中的吸血鬼美男。

我听见他问:"这是球场吗?"然后他命令骑士们为他找球。

不久,只剩下他一个人在球场,抽出剑,在日光下放眼四周,细致察看。

土著女孩这时走出去,我们屏住呼吸,担心她要同归于尽。她到球场的一处,抱过黑色的圆形橡胶球,走到那个骑士首领面前,是要借机复仇吗?

那个骑士首领抬眼盯着她看了一会儿，用剑挑起她的衣饰，微笑地问：“你是谁？”女孩沉默不语。也许她听不懂。四周在一片死静中，视线在不同文明的人之间交汇，互相注视。

"上帝，呵，这不会就是爱情？"

那一瞬间，美美有点惊讶，虽然，仍以枪抵住我。

"如果这是爱情，那么钱也是你的爱情，拜金的小姐，既然我成了你的人质，我也是你的爱情。你手上的枪，也是你的爱情，因为我们都被你注视着。"我尴尬地笑道。

他俯身接过她的球，用手拍打，脚踢了几下，又朝球场周围看，看见不远处有个石头圈成的球框，便扔了进去，动作利落，竟然顺利投进。他捡起球又朝着石框扔去，反复如此，让她看着他，等着他，给女孩传递一种他喜欢她在他身边的感觉。

女孩本来很灵动，这时却略显羞涩地变得沉静。一不留神，那人抱起她，跳到马背上，然后离去。

"完了，她自投罗网！"阿睿站起来，看着他们的背影，简直不能相信会出现这样的意外，他还以为她是要去刺杀那个首领。

"他也许想从她那里得到更多当地的信息。他们的目标是彻底征服这片土地。"我揣测。

"我们赶紧去救她吧。"阿睿忧心忡忡。

"不用了。危险啊，你的名字就是爱情！"美美不知道是阻止他还是想让他如梦初醒，夸张而矫情地说，"凭女人的直觉，刚才他们的对视，仿佛充满了爱意。谁这样看我，那真是最浪漫的时刻！"

"也许她只是想深入虎穴。"阿睿并不愿意相信她的话。

我们暗自跟从骑士队伍。他们到达驻地后，下了马，一起痛饮当地美酒。女孩跟在骑士首领左右。那些骑士想要让她喝酒，却被骑士首领阻挡。不知道她什么时候才动手复仇，也不知道她在想什么。

我偷偷地钻入他们的营地，再次看到她时，她脸上那些部落脸谱式的涂彩完全没有了，干干净净，衣服也换成了西方优雅公主式的白裙。殖民者的目的，显然是要将当地人同化。

女孩儿看上去很快乐，完全不像要去复仇。她似乎沉浸在罗曼蒂克的情绪当中。

"你想做什么？"我悄声问。

她正要回答，有人来了，我只能躲在营帐角落。是那个带走她的骑士首领。他留着淡淡的胡子，看上去更加透出成熟男人的魅力。他将她的手放在唇边，又很绅士地吻她的手臂。真令我感到难以置信，他们毕竟是仇敌啊。

女孩儿好像变成另一个女孩儿。

我迫切地希望看到她迅速拿出刀具，了结他的性命，替族人报仇。但她并没有这样做，而是靠在他的臂弯里，任他抚摸着她额头上的克沙尔鸟纹。

眼神果然触碰了她的爱的意识，在她心底唤起的热情，也许等于财富在我们心里唤起的热情一样。信息广场啊，情绪和幻梦才无始无终地统治着人！

历史是各种力量融合斗争的结果。我猜测，这也是殖民者同化当地人的手段呢，殖民者如果娶了当地土著女人，实现联姻，就会最快地取得当地人的信任，在这里居住下来。

人和人以奇怪的网络状的方式联结，好像地面到处穿行的蚂蚁一样。

我的脖子上突然被搁了剑，骑士首领不知何时来到我身后，怀疑地问女孩："他是谁？"

"我的朋友！"

她的回答一时间救了我的命。

看见飞碟的影子来到营帐外，我赶紧牵着她的手逃离。骑士首领单枪匹马追过来，竟然也跟着我们钻入飞碟，他手里拿着剑，我不敢将他赶出去。但我不得不警告他，这是空中飞行器，他要是不想掉到地面，就最好不要挑衅。那个英俊的骑士听说要去往天际，看上去比对征服森林更有兴趣。

他凛然的姿态和步伐消失了，取而代之的是猎犬一样的眼睛。我警惕他盯着一切能成为"驾驶员"的机会，把地面上的侵略游戏，变成这里的危险。

N 最大的问题是如何去过一些有意义的时光

　　望远镜上的影像逐渐呈现出星辰的情景。骑士叫乔治,来自以文明的中心自居的地方。他浓眉炯眼,配着剑,很神气的样子,对于宇宙的兴趣,不亚于我们。

　　"这世界上的一切,都是由上帝从宇宙中心发出的力量形成的。"这位上帝的信徒说。

　　"如果是这样,那我们整天在睡大觉,因为我们似乎不需要用自己的力量做什么。"我向他询问,"上帝是否告诉你,宇宙的中心在哪里呢?"

　　"在这里。"

　　他指着脑袋,"因为上帝创造了生命,而我们看到的一切,都来源于我们的头脑。但是如果他不给我们生命,世界对我们也就没有了任何意义。"

　　也莉递水给他喝,美美告诫道:"不要对敌人大发慈悲,如果给他了，我们会严重缺水。"

"你不要阻挡她的善意，这里的水都是她存放的。"我感激万分，并且羞愧之前怀疑她，"如果不是她，也许我们会死在太空。"

"这个上帝派来的人难道有什么魔力，能吸引人甘愿做他的奴仆，呵呵，他可别当自己是上帝！"美美用眼神提醒我，这个人不能小觑，我可要好好盯紧他。

"那你怎么不被吸引？"我问。

"我不知道。也许因为我的兴趣全都在未来交易市场。"美美既疯狂又冷静得可怕，"再说，我可是表演专业人士，当然能够不受影响，什么眼神都能抵抗。哈哈，最重要的是，我只在乎我感兴趣的，不会在乎我不感兴趣的！英俊的男人有什么用，他又不是我的……我更不会在乎对我不感兴趣的！"

"也许因为他们深受神学影响，自认为是上帝的信徒，所以眼神和我们不一样。而我们是机械化时代的人，眼里只有产品，很空洞……"我对工业时代的人总是很怀疑，他们缺少了前现代的人的宗教精神，过度的迷恋物质，越来越厌恶重大的精神追求，越来越厌恶了。

那个人从望远镜中的影像注视星空，很专注的样子，我趁机取过他的佩剑，上面刻着精致的龙纹。

"你们为什么要移民到新的大陆？"我问他。

"人不能目光短浅，只盯着脚下的一片土地。只要能上天，我们也会在天际中寻找人可以居住的地方。这就是开拓精神，如果我们生存的环境扩大，我们可以拥有更多的生存空间，这不是很好吗？"骑士对外面的世界无限憧憬，"我们是上帝的子民，上帝按照他的样子创造了人类，整个宇宙都是上帝的，所以，人可以到达宇宙中一切可以到达的地方！"

他们需要的是空间，而我最担心的问题仍在于时间。如果空间一点点被破坏，那么总有一天……

"可是随着不断开拓，人类的文明摧毁着这个星球，这个星球上迟早会出现末日危机。"我彷徨地说，工业社会下的地球，污染严重，人们对自己生存的环境很不友善，人口过多，地球承受着越来越大的负担。"我们把所有能创造财富的地方都毁了……负能量太多……"

"愚蠢的人类，正是因为这样，我们更需要到外星球上寻找居住的地方。"他有很强烈的开拓意识，也拓宽了我们的眼光，"这个星球如你所见，它只是个固体，我们一定能找到相似的固体，宇宙的大门并没有对人关上。"

"比起任何新的移民地，我更想寻找宇宙的奥秘。话说天下大势，浩浩荡荡，顺之者昌，逆之者亡。也许所谓出路只有一条，人的意识只有跟随和顺应宇宙的正能量，才能拥有更长久的存活之道。"我说。

在"死亡星球"的游戏中，寻找宇宙的正能量是我的目标之一，也是人类拯救自己的目标。宇宙是无法解释的，我们在宇宙中生活，就要用最正确的价值观来支撑自己的行动。它越宏大，自己会越有勇气。当然，我更不想被这家伙蔑视，他总是骄傲地认为，他玩儿的是上帝让他做的事，而我只是凡夫俗子，浅薄狭窄。

"哼，《圣经》就记载了宇宙的奥秘，我们正是为了传播《圣经》才到世界其他地方去的。"当他说出去新大陆的目的，我们毫不惊讶。他原来是打着传教士旗帜的骑兵。

《圣经》里面听说也记载了世界末日，但没有说那是什么时候。我向他打听《圣经》里提到的世界末日的事，他说那是上帝的意思，而上帝是什么？他也解释不清。

谁都无法解释清楚上帝是什么。上帝就是宇宙，上帝知道的一切，包括了信息广场记录的一切生命的信息。

"信息广场，是什么？关于所有人的信息吗？"骑士好奇地问。

"没错，信息广场就是数据库，是文明的档案管理器，记录了一切人类的声音，世界上的一切秘密，都可以在那里找到答案。"

我想起阿睿在巫师的城堡发现的古卷，又取出来翻看，却被骑士乔治抢过去。

"这是什么？"他凝视古卷，这个受到中世纪文明影响的人好像看懂了，然后哈哈大笑，"这不是预言，而是寓言。有一天，天下的动物都在议论世界末日，羊说，我们灭绝那天是世界末日；狗说，我们灭绝那天是世界末日；猫说，我们灭绝那天是世界末日……到底谁说的对？人说，你们都不对，我们灭绝的那天才是世界末日！所有动物都反问，凭什么？人说，因为你们没有纪年，只有人类才有纪年。"

"什么意思？"阿睿还没明白。

"人因为掌握了纪年方法，才有世界末日的预言。动物世界不存在纪年方法，因此无所谓世界末日。"我似乎醒悟，解释道，"这是讽刺。我们创造了纪年的方式，所以总在预言世界末日是哪一天。"

"这就是你在信息广场寻找的答案？"美美不屑，"从现在开始，我不关心死亡呢，我只关心怎么活着，是你告诉我，恐惧是唯一的障碍！"

"对，继续过一种会让地球毁灭的生活方式……"我不以为然，"世界末日从来不是个简单的时间问题，而和我们选择怎么活着的意识有关系！如果我们不去寻找到宇宙的正能量，人类只会无休止地重复一些事情，为了资源或其他利益明争暗斗，掀起数世纪的战事。"

自然森林里的女孩听懂我说什么后，掉下泪来，"我要回到族人那里去，我不能离开他们。我应该和他们同生同死！"

"回去？再给我们的军队一点耐心，那里野蛮的文明就会消失。"骑士首领乔治哈哈大笑，仿佛说出宇宙的真相，"枪炮会打败铁器。毫无疑问，更高文明的到来，将是更低文明的末日！因为落后的文明，沾满了愚昧的气息。"

该相信他说的吗？

乔治从文明的高低看世界的方式，给我印象深刻。人类文明总是在发展，没有一成不变的。新的文明不断吞噬旧的文明，这似乎是时间的本质。

"后悔了吧？"我问盲目信从了敌人的女孩。

她哽咽地说："因为他的剑上有龙，我们全族祭拜羽蛇神灵，祭司爷爷有时还说自己就是羽蛇神灵，羽蛇神灵就是龙的样子。"

"原来这样！习俗塑造人的生命意识。这也是信息广场的秘密吧！"我略感欣慰，她不是因为他的花言巧语受欺骗。

乔治也和我一样意外，把剑递给她，很有骑士精神地说："如果你想复仇，就杀了我吧！你像大海中的绿岛一样吸引我，不过，我并不希望你成为旧文明的仆人。"

"我不能杀人，每次杀了人之后，又会死更多的人。"女孩忍住泪水。

"没有人想要战争。我们的目标是大海星空，都能成为人的领地。"骑士乔治安抚她后，开始对外面的宇宙世界充满了浓厚的兴趣，比我们更热衷于宇宙星系。我们对他的戒意随之渐渐减少。

我也很累了，昏昏沉沉睡过去。如果让我选择最乐意的生活方式，我只想吃了又睡，睡了又吃，但除非我从不去想这个问题：过一些有意义的时光。

偏偏我又总是在想……这就像我小时候做数学题一样，我总在求解。当我进入"死亡星球"的游戏，我就希望在宇宙中找到这个谜底。这对我是非常有意义的事。至少比思考数学题有意义。

在望远镜中能看到我们被星系围裹，当凝视星系很久，自我意识完全被打开，人就会和宇宙是相通的。

我好像出现在水晶圣池中漂浮的幻觉，那些浩瀚星海在我四周旋转，我跟着星辰旋转，好像也是它们中的一员。不断移转的星云像万有引力吸引着我接近它们的中心，宇宙的中心，而不仅仅是太阳系的中心或银河系的中心。

我这样飘着，直到W星座的光线射入我的眼中，这是仙后星座，我敏感地意识到。紧接着刺眼的光线显现，仙后像女神一样在如同新月般的时光戒指中出现，一手扶着神杖，清新自然，很像童话里的月亮公主。但是只一瞬间，她就消失了。像个优雅的光环一样，只绚烂了一刹那。

我黯然神伤，不管怎么样，人的一生就像这一瞬间的光辉，短暂生灭。

从星海看茫茫宇宙中的地球，就像是一粒孤独运转的星球，人虽然是地球上最热闹的群体，但对于单个的自己，仍是孤独的。有谁可以永远停留在我的身边，我又可以永远停留在谁的身边呢？和大多数人一样，我孤独是因为无所谓期待，也无所谓结束。

宇宙大得漫无边际，我不知道它的中心是什么。仙后再度出现在我的视野里，依然很美丽，和我距离近了些。我问："刚才我飘浮时，好像一直在宇宙中心，那是哪儿？"

"每个人在宇宙中都有它的位置，都有磁场，都是宇宙的中心，我能感应到你，你也能感应到我。"她说。

我想起我向她许下的愿望，问她什么时候才能实现。

"一具水晶头骨，如果你善于利用，它就能创造财富。所有人的生命意识构造了信息广场，人的头颅就是信息广场的抽屉，储藏和管理着他们的心灵世界。"她为我打开看向宇宙的意识，似乎人类接受末日的审判，顿时有了新的含义。

宇宙是个无边无际的空间，时间只是用来描述它的维度，而我的困惑也许并不是在时间、空间层面，而是比这些更深层次的精神层面。

世界一定有比时间更深刻的维度。

很难想象我们活着就是人人为己，然后沦为残骸，如果这就是真相，我们似乎不用再探索什么呢。错综复杂的世界中，我想总有一种我们渴望的路径，通向更愉悦的境地。无论什么文明，能令身处其中的人愉悦，才是它的最大价值。那一直不停地工作，没有止尽似的，没有愉悦感的，日复一日重复的生活，便成了想要逃离的社会生态。

要给时间以生命！活着应该让生命更有意义，不是吗？

我从困倦中醒来，看见骑士乔治还盯着望远镜的影像入神地观察，不禁佩服他抓住一切机会认识宇宙，用一种游客的浪漫精神，自由地闯荡世界。

美美拿着一把随时让我的脑袋开花的枪，闷闷不乐，兀自抱怨："去寻找宝藏徒劳无功，还不如不去，我在那里丢了那么多钱，想起来就感到恼火。"

"那些本不属于你。"我淡定地说。

她把枪又对准我的脑袋，处心积虑地说："把水晶头骨给我，我要带它到未来交易市场。"她才是真正要我警惕的。水晶头骨像盏灯，照出她的意识。

我面对这盏生命的永恒之灯，无法再入睡，朝颇不冷静的她说："我还是你的'人质'，它放在我手上更安全。不如我做你的经纪人，陪你去未来交易市场。你不要把枪看成你的赌注，我才是你的关键性赌注，你想要得到的报酬，就是我们合作'生出的小孩'。"

她握着的那把枪，仿佛是她的欲望的延伸。我既害怕，又不得不继续成为她的人质。我用脚碰碰她，她反应激烈地用枪指向我说：

"别动！"

"不要睡着了，我们还有个共同的敌人。"我对着那个骑士努嘴，轻声提醒道，"小心最后让我们脑袋开花的是他。危险常常是没有影子的蛇。"

"我该怎么做？"她难得听从我的意见。声音所具有的温柔的力量抓住了我。

"我们想要成功，就必须到能够实现梦想的地方去。也许，交易市场是可以考虑的地方。只要我们能在时代中抓住机会，就能发财！我说过，命运就是人的运气加上历史的进程。"我信心十足地说。

我越来越能感觉到信息广场里错综复杂的意识结构的核心，没错，这个核心便是，我们所追逐的东西就是我们的一生。

透过她的"欲望之枪"，迫使我去做的，让我认识到，我们所要的无非是玫瑰花和金子笼罩的幻梦。

"去好莱坞。你听我的！"她的声音又变得强硬，"我想能遇到改变我一生的机会。想来想去，那里最有可能实现。我是演员，机会就是我的人生转折点！"

这种沉浸在纯粹欲望的感觉，让我们感受到从未有过的自我意识的扩张。哦，很愉悦！自我意识将"我"和宇宙中的一切因素结合在一起。

"好吧！'机会'就是你的赌注。"我对未来不也是有很多愿望。

在游戏程序中，我们是从信息广场来的人，可以去往任何时期任何地方。时间和空间对于我们完全自由。

不久回到地球表面，我们从黑夜渐渐地进入白昼时光，漫天尘土飞扬的景象映入眼帘。

"我的天呀！"阿睿惊叫，"沙漠里有很多强盗，我们还是走吧！"

我们的飞行又很快来到海边，外面水世界的汹涌吓得我们都不敢看望远镜。在海水泡沫中沉浮了一会儿，我们跟着周围的航船舰队，来到他们登陆的军事基地。

"天哪！周围都是炮口！"我们都被吓坏，我赶紧驾驶着飞碟跃过军事基地，不妙的是，我们好像被发现了，因为似乎有炮口是对准我们的。

"嘣"地一下，飞碟的机械体摇摇欲坠，像断了线的风筝栽倒在地上。我像是经历了一场危险的摔跤比赛，担心我们视之若宝的"头骨"破碎，否则，她的"欲望之枪"还没对我开响，失望就渗透了我们的意识。

0 生存需要通过最复杂的程序

天空弥漫着比香烟还呛人的烟雾。

我从飞碟中滚了出去,撞在一块大石头上,脑袋顿时有四分五裂的感觉。听到人群到处逃窜的声音,我也无意识地爬起来跟着逃跑,直到实在走不动了,才蹲下来看看四周,这里不是海洋,也不是沙漠,而是到处筑着壕沟的战场。闪动的激光从脸庞和大腿两侧划过。

身后传来嗡鸣的声音,我仰头向后望去,无数战机飞过,硝烟滚滚。也许是进入了战争界面,身边随处可见死去的兵士。在这种战壕,死亡的风险特别大。每次炮声响起时,周围就又会倒下几个人,血溅到我身上。内心于是就会有一种声音:我这辈子没有希望了,我快见上帝了!正发呆时,啪的一声,我屁股剧烈地疼痛,麻木了一会儿后,我立即用手去摸,感到湿漉漉的,我看看自己的手掌上都是血,才察觉可能臀部中弹了。

一眼所见的地方，没有哪处是安全的，周遭不时遭到流弹袭击，我不能一直躺着等死，那种送我去见死神的炮弹就像屏幕里可以扫到任意地方的光标。此时此刻，我只能忍住疼痛爬起来，到处找能够躲避流弹的地方，但又怕踩到四处布满的地雷。

我还是很贪生怕死的。

不远处进行着坦克战。目测在我能看得见的地方，暴力机器肆虐。它们张牙舞爪的样子，竟然可以代表着真理，指引战士前进，对和他们"不同的人"痛下杀手！我敢笃定，战争绝对不是宇宙的正能量，它是最危险的刽子手，充满着毁灭和自毁的能量。这种古老的游戏，遵循人性中惩罚和复仇的意志。

我捂着屁股，像跛腿的公鸡一样，踉跄而行。看到那些半死的人动弹不得，只能躺在地上或靠在树边等死，自己就稍微感到安慰。这些人会认为，战争是黎明前的黑暗吗？

当我找到战地医生驻扎的地方，我仍要排队，等到很多人之后，才轮到我，这远比早上排队买早餐更令人心焦心急，更让我担心的是，我和同伴失散了，我又无法回去找他们。

戴白口罩的外国医生检查我的屁股时，告诉我，果然是中弹了，这让我哭笑不得。他取出弹片，帮我用白布包扎，我只能躺着，哪里也去不了，和一群半死不活的人在一起，听着他们的哀号。

那些哀号声一直在我耳边，从白昼到黑夜。我好像一只眼睛睁着，一只眼睛闭着，端着机枪扫射，看见不断有人倒下，我背后出了一身冷汗，手也软了。我很快被惊醒，抓住身下的垫单大叫。没有人理睬，那些伤兵也很困倦，都睡着了，鼾声不止。我爬起来，走出去，外面星光灿烂，W星座远在天幕一角，我离它越来越远了。

令人厌恶的战争！好像永远也停不下来！

天亮后，我拖着腿，继续穿梭在枪林弹雨中，沿着模糊记忆中的路，想回到和伙伴分别的地方，又担心军区侦察到奇异飞行物闯入。在战争这种缺乏安全感的游戏环境里，我恐惧下一秒就可能见到死神了。

一路上，只要我每次成功躲避高科技武器，我的死亡经验值就会猛涨。想要生存需通过世界上最复杂的程序。有次，我似乎感到头上有轰炸机对准我，便赶紧跳进深坑掩护，周围的土堆被炸开，我被掩埋在其中。负责战场收尸的人把我从泥土里拖出来，他们可能以为我死了，就抬我上了担架，我怕被当成敌兵，便没吭声，直到被换成白衣，和很多死去的士兵放在一块儿，等他们离开后，我才起身逃离。

经过这次"死而复生"，我更害怕战争，坚定决心去自由市场发展。比起在战争中拿生命做赌注，我更愿意在交易市场下赌注。成为欲望的人质，好过沦为炮灰。我不想赔上生命给那些在战争背后"垂帘听政的政客"加分。

听到熟悉的声音，我终于又见到了伙伴，他们通过飞碟中的空间定位系统找到我。

我们来到好莱坞，这里在拍战争中的间谍戏，我建议骑士乔治去演一个海军将领。他对电影一窍不通，却对戏剧不陌生。我告诉他，电影就是生活的剪影，它在"夜"里放出光芒。他听懂后，顺利进入拍摄地，并出现在大银幕上，尽管他的外籍发音遭到了电影院里本土人的嘲笑，却显得更真实。

骑士乔治竟然在好莱坞获得了大量片约，譬如演牛仔、硬汉或中世纪的故事的角色，只要是那种有绅士风度的剑客或英雄，他就正好适合。命运给他打开另一个通道。一时间，好莱坞荧幕上的造梦，离我们真近啊！

美美仍想得到她的机会，她感觉到在这里，机会的灯五光十色，不知道何时能照耀到她身上，不过，对她而言，她相信自己只是在成功的路上，就好像不成功是不可能的。

相比之下，乔治的成功唾手而来，每个演员在舞台上都有独一无二的光彩，而他将它发挥得淋漓尽致。他得意地说，这是源于他从金字塔里得到的奥秘：

"要像金字塔一样，让所有走近它的人，都注视到它的存在。成功就是这么简单！"

为什么"我"做不到？美美为此感到迷惑。她总在想着自己的运气。我提醒她，"不要总想着一个偶然的机会改变一生，你应该徐图进取，就像推土机一样前行。"

她却不耐烦地说："时间对我就是机会，如果我不年轻了，谁会注意我呢？哼，女人和男人不一样！"

"没错。"我说，"女人是玫瑰花，会凋谢的，可是，也不能当银行抢劫犯，强迫他人来注视到你的存在啊！得到机会，要靠大脑的智慧，而不仅是靠身材。所以，'头骨'才是无价之宝。"

我和乔治约定，邀请他参与一次面对公众的拍卖会，然后将从消失的文明那里得来的水晶头骨拿出来，以高价拍卖，它没有丝毫破损。但是奇怪的是，竟然根本没有人关注，这使我们大为失望。在好莱坞所在的加利福尼亚州，这里到处是寻找机遇的人，为了日耗斗金的生存焦头烂额，谁会对古董感兴趣？

我反复盯着头骨看，思考怎样才能让它带来财富。自然森林里的女孩胳膊上的神秘纹身，给我灵感。我计划让电影上演土著和侵略者抗争的故事,水晶头骨出现在其中。当它碰触了人们的历史记忆之后,从胶片中走下来,在拍卖市场上就如同被镀金,貌似与植入式广告有异曲同工之妙。当人们的历史意识被唤起,一件物体就染上了时光的痕迹,如同有了生命,这才是"独一无二"的内涵。

"演电影?"她感到新奇。

"是的,你可以成为女主角。"我耐心给她讲解,"一部反抗外来势力的'战争与和平',你为了守护你们民族的文明,不得不反抗侵略者,但是却爱上了他,最后,让爱来化解战争。嘿嘿,这一定是轰动世界的爱情故事,震撼人心的生死恋!战争,你是知道的,就是一个永远死人的游戏,你唯一遵守的游戏规则,就是死得尽量晚一点……"

"那爱情?是什么?"女孩并不完全清楚那种隐隐约约的情绪。

"爱情是一种危险但令人愉悦的东西,就像玫瑰花,它有刺却美丽。记住,它很危险!你看我身边那位年轻的美女,总是在用枪对准我,逼迫我听从她的意愿。爱情,就是你不知不觉成了另一个人的人质。"

乔治接受了我策划的脚本。美美对于不能成为主角很失落,但是这样的角色的确不适合她。她就像面包上的黄油一样甜得腻人,缺乏质朴动人的力量。她的脸蛋白如乳酪,却没有纯真的感觉。

银幕上,土地的守护者领着无数英勇的武士,奔向持着火器的侵略者。

"你永远是我美丽的克沙尔鸟。"当战争画面一转,女主角去向男主角复仇时,男主角却抱住女主角温柔地说出这样的柔情蜜语。

女主角滴下泪,因为她的刀已经插在了他的胸口。紧接着,她倒下去,倒在血泊中,原来她的背后中了火枪,而她的刀只是轻轻地擦破了他的皮。她做先锋来刺伤他,总比别的勇士好。她是为了保护他,美丽可爱的女主角就这样结束了生命。她的水晶面具破裂开来,露出那个发誓为了爱与和平而战的美丽的自然的精灵的稀世面容。

战事结束后,男主角为了纪念他深爱的女人,于是用水晶按照她的头骨制成一模一样的模型,放在她的族人祭祀的地方。水晶头骨就这样流传下来。

人们看完电影都变成了泪人。

正如美美渴望的,自由市场经济能帮助实现对机会的追逐。在拍卖会上,那枚穿越岁月的"头骨"因为轰动一时的电影大热,拍卖到了巨额价钱,使我赚得了第一桶金。

这就是仙后给我的承诺?

哦,哦,我顺利实现其中一个愿望,但这一时的收益还远远不够,我有更大的志向,要有可持续的财富,成为真正的富人。

游戏总有一种结局,是走向那个最理想的境地。如果没有这种可能的话,那些成功的人又是怎么走到的呢!

P 什么在指挥我们的生命意识

新的烦恼总是层出不穷。

在小酒馆里,我看到貌似失恋的阿睿。

"她整天和乔治在一起。"阿睿像丢失什么,感到愤愤不平,痛彻心扉,"女人真的是贪慕虚荣啊,她们只会跟能给她们想要的东西的那些人在一起。"

"可是,你忘了也莉是你的旧朋友。如果你允许自己喜新厌旧,怎么不允许别人喜新厌旧呢。我们都不是机器,心里都有个小孩儿到处乱窜,谁也控制不住。你还年轻,如果想赢他,就跟我一起创业吧!"我鼓动阿睿,和我一同创造财富,"哪怕只给自己赚点小费,也好过从未投入。没有学会独立,怎么懂得爱人!"

"我没有商业头脑。"阿睿不自信地说,其实也是在否定我的商业头脑。

"不要紧,一切皆有可能。"我的眼睛充满了光彩,像是披了金圆券,着魔了一样地说,"相信我,大厦平地起,石能炼成金。宇宙无时无刻不在变化,有无数种可能性,只要下决心,世界就有可能让我们实现愿望。"

"投资?你有多少钱,一千万吗?"他怀疑地说。

"呵呵,只有头骨拍卖的钱,但它足够我投资一个小工厂。"

这是工业时代,我毫不犹豫投资玩具制造业,疯狂地把恐龙、完美恋人仙后、自然森林里的女孩、驾驶飞碟的阿睿、骑士乔治、拜金的美美、骑着大象的女孩也莉等形象,打造成玩具模型,批量生产之后,大量的玩具产品从世界工厂向全球输出。

经济发展的巨浪也席卷了我,我干脆搬到自己的小工厂里来睡觉,这样就可以整日整夜监督工作,促进效益。在这段时间内,我的财富值飞增猛涨。

工业的世界带给我做不完的工作,时间仿佛能兑换成利润。但是,我始终不太明白,我不分白天黑夜追逐的东西要带我进入什么境地,就像乘坐在一辆没有终点的巴士上,有时候即便想停下来,也找不到站点,更不知道目的地是哪里。

到底是什么在抓住我的生命?

有一晚,我从夜间醒来,竟看到皮克斯电影里的情景,玩具们自己动起来,彼此在说话,甚至舞刀弄剑的。只是这些小型的玩具即便打闹,动静也不是很大。我以为是做梦,就躺在床上,看着他们,也不干涉。

那些机械钟表像是在无休止地争吵:"我的准确!""我的准确!"……"我的准确!"

然后它们让阿睿评判谁更准时。"时间是相对的,世界上没有最准时的钟表。有什么好争执的,不都是遵循公历吗?"坐在飞碟模具里的阿睿尽量保持中立的态度。

"天主教堂上的钟表最准时!"骑马持剑的乔治说,"它和上帝的时间一致。"

"那也是人造的钟表啊!"阿睿呛道。

"准时有那么重要吗?"涂脂抹粉的美美挎着包问。

"当然!时间就是金钱!"乔治受到所谓现代文明的洗礼,"争分夺秒才能取得成功!你们东方人贫穷就是因为懒惰,是我们发明了钟表。"

"谁说我们东方人懒惰?"也莉驾着大象朝他喷水,"至少我们更亲近自然,而不是更亲近这些机械……谁征服世界,把环境破坏带到了整个星球?"

钟表听见说它们是机械,又吵闹起来,纷纷争辩:"机器也有价值,有尊严和使命,整个世界迟早是机器的世界!如果没有时间机器,你们都生活在混沌的世界。"

"不对!"阿睿摇头,"古代没有时间机器,一样能掌握时间,没有搞乱过自己的生活,反而比现代人更有秩序,日出而作,日落而息,按照月圆月缺,每月30天,很有规律,不是吗?"

"是啊!我们部落的人用的就不是公历,而是卓尔金历,每月20天,一年13个月……"额头上刻着克沙尔鸟的土著女孩说。

"可是一年365天,你们的日历错了,怎么会只有260天呢。"机械手表纠正道。

"一年260天只是我们日历的一种算法,按照我们的太阳历,一年也是365天。"土著女孩解释说。

"钟表也不能代表时间,你们总有停的时候,但时间不可能停下来!"阿睿又说,"总不能说手表坏的时候,就是末日吧?"

"不可能有末日,时间是无止境的。"钟表们坚持这样认为。

"圣经上说有世界末日,到了那时,上帝将审判全人类。"骑士乔治说。

"人类的'时间'跟我们的'时间'不一样。"钟表们能分辨主观的时间和客观的时间。

"有一点是相同的,都有周期,也就是循环的。"阿睿说,"像古代东方的日历,六十年为一甲子,不断循环下去;钟表也是六十秒为一分钟,不断循环下去。"

"嗯,按卓尔金历,260天是玉米成熟的一个周期,女人怀孕的一个周期,代表生;按太阳历,365天是地球自转的一个周期,和星球的周期有关。"刻着飞鸟纹的女孩通晓了自身民族的历法,就如同通晓了宇宙的语言。

"那地球有末日吗?是什么时候?"骑在大象上的也莉问道,"像手表一样不转了。"

"嘘!小心地球听见,会气你诅咒它死亡!"玩具们开玩笑,"也许大周期结束后,末日就会到来,就像我们也有坏掉的时候,人类折腾我们,就会把我们折腾坏。"

这些机械玩具开始释放负面情绪,直到发生超现实的事情,它们一个个变得巨大,站到我面前,把我吓得惊醒。

机械玩具们打算出去漫游,我来不及阻止,它们自动打开大门,走出了我的小型工厂。我只能尾随其后,看它们去往哪里。

"玩什么过瘾?"玩具们探讨。此时月明星稀,街色阴暗,路上只有来往的出租车,几乎看不到人。

"哪里能让时间停止?"机械钟表们说。

"当然是电影院。"穿着红色高跟鞋的美美说道,"在电影院里看电影,能够忘记外界的时间,感觉像是跟着电影里的时间走。"

"那还不如去艺术博物馆呢!只有艺术能让时间停止下来,它们随着时间变动,自身的价值仍永驻在那里,能让人沉浸其中。"一个博士玩具说,"像达·芬奇、毕加索、达利等的画作。"

"我不信!"机械钟表们嚷嚷道。

"去就去!"……

所有的玩具也很好奇,它们不相信时间真的能够停止下来,于是跟着博士玩具一起去艺术博物馆。

它们顺着空中电缆线到了博物馆,我抱着最后面的那个机器玩具跟随它们。在艺术博物馆,到处是保安守卫。它们用电流将保安击晕后陆续进去,我看得大跌眼镜,也跟着进去。那些机器感性的神经敏感系统很薄弱,即便见到我,也对我视若无睹。博物馆最严密的大门,也被它们打通了电锁而闯进。

我不相信它们真的能领会艺术品的精神,如果真能做到,和人的差距可是迈进了一大步,是机器史上划时代的变革。

这里展览着一流的艺术画作、雕塑等作品,还有一些精致堂皇的建筑模型。机器玩具们被后者吸引,谁让它们都属于模型一类呢。

"有这么美丽的房子,要是能住在里面多好啊!"机器玩具们赞不绝口,"外面的建筑和这些比起来差远了。"

"的确差远了,人们应该重建他们的建筑。"智能博士玩具偏激地说。

"他们怎么建房子?"恐龙玩具问道。

"也是让机械帮助他们操作。"智能博士玩具告诉它们。

"也就是我们的同类!"机器玩具们兴奋地说,"好啊,原来如此!那我们能够被用来建房子吗?"

"不只建房子,等到机器文明高级时代到来,就可以做一切能做到的事,现在仍在初级阶段!"智能博士玩具对未来世界的预想,让我吃惊。3D打印机不就可以建房子嘛。

"那我们把'现在'给毁了,不就行了嘛,未来随之到来。"机器玩具们越来越疯狂。它们对于时间的理解极其简单。

"要毁灭'现在',如今最快捷的方式,是核武器。"智能博士的提议令人恐惧,"用核武器可以瞬间摧毁'现在',重建另一个和'现在'完全不同的未来!"

"核武器在哪儿?"机器玩具们的好奇又被挑动了。

我害怕它们可以通过电缆到达任何想去的地方。因为这些机器玩具都是靠电动控制,一旦它们通了电,将无所不至。

毋庸置疑,如果机器控制了核武器,那整个世界就完了。而在最短时间内能摧毁人类的,绝不是大的风暴和天灾,数万年来的任何一次天灾,可能都比不上核武器瞬间的摧毁力。科技并不能给人带来安全感。

我吓得浑身是汗,一定不能让这些机器玩具继续"孩子气"下去,我要控制它们,回到我的玩具小工厂。

于是我说:"你们不是想看到时间静止吗?"

"是呀。"机器玩具们纷纷应和,围住我。

"你们只需要把自己身上的电池拆下来,时间对你们而言就静止了。"我并没有欺骗它们。

"哦!"

可想而知,这些玩具把自己身上的电池取下来后……

我又面临新的难题,当我在工厂里酝酿不断提高玩具的功能,就会心有余悸。如果它们的"想法"瓜熟蒂落,人类历史将被改写——核武器是迄今为止对人类世界最大的潜在威胁,如果它一旦不能被控制住,甚至被不受制约的机器操纵,怎么办呢?

这个预想,绝不是毫无可能。因为核恐慌,我陷入忧郁和失眠,想睡又睡不着,以致不得不去看精神科医生。

"害怕核战争?"他注视着我的全身,看我是不是得了恐慌症,然后,帮我排忧解难,"总不能因为太平洋会发生海啸,人们就不在海上航行了吧。"

"太平洋的水总不可能全都漫出来,就像沙漠也不可能很快覆盖全球,这些都是可控的,可是核战争一来,我们就什么都没有了,人类几万年文明的积累都没有了。整个社会拼命地在挣'剩余价值',核能却可能毁灭这一切,您不觉得很可怕?既然任何事物都有结束的时候,为什么我们要拼命地去创造,认为时间就是金钱,一辈子为了工作劳碌不休。"我并不认为自己的担心过度,而是对于人类变成挣钱的机器感到很不满。

我希望在飞速前进的时间中,能驶向更安全的境地,那故乡,那城市,那星球,我们步履所至的地方,都是安全的地方,我能嗅到世界在一片巨大的安宁之中,有节奏地吐纳逝去和新生,而不是这样劳累地走向充满毁灭性的前途!

"就算你成为反核战士也没用,一个事物一旦发明,就不可能回到没有发明前的状态。除非时间逆流,但这是不可能的!"他并没有真正地理解我的忧虑,劝我对现状妥协,"你可以不用太努力啊,去一个小镇,钓钓鱼,种种花,过最简单的日子!"

"如果世界和我没有什么关系,我大可不必多想一秒钟。可是我不是只有肚子,还有脑子啊。当我想到我的子孙后代,我就没法不希望我们的星球更安全。我可不是不能适应社会,而是要有更大的心胸呢!"我说出自己来咨询的目的,"多想一想,未来世纪的人需要我们做出改变,譬如,生活方式的改变……其他人没有听到这个请求吗?"

可惜,在精神科医生眼里,我应该是得了恐慌症。他只是停留在表面地安慰:"不管将来发生什么,离不幸到来,毕竟还有时间,你眼下重要的是快快乐乐地过自己的日子。"

我想到信息广场的抽屉,它给我传递的心灵影像,一定揭示了宇宙的秘密,就如乔治所说,那是上帝的指引或者暗示。

"冷静点儿,除非你一生下来,就得到一千万的遗产,否则就要遵守生存的游戏法则。"他继续努力缓和我的焦虑,"任何存在竞争的社会,都会有优胜劣汰,竞争必然导致发明创造,促进新事物的产生,包括核能这种有巨大的功用又有威胁性的东西。有时间听听莫扎特、肖邦的古典音乐,也许能帮助你缓解在金钱社会的压力!"

毫无疑问,世界是优胜劣汰的,但是,我们到底是会因为过度辛劳后走向灭亡,还是会变成更高级的生命?

"不,我说的是生活方式的改变。我们总是感觉自己的工作环境让自己不舒服,但又说不出不舒服在哪里。难道时间不能慢下来吗?大家都轻轻松松地挣点小钱过日子就可以了,老板别总是想着利润,普通人也不要贪图太奢侈的生活……"

我怕他真的认为我有精神问题,或者是逃避现实的人。我只是想知道自己一生寻求的是什么,这是宇宙中对我最大的奥秘。也是我从小就一直思索的。

"哈哈，都像这样想，世界会发展得更缓慢，但会更轻松，有忧郁症的人越来越少，那么，我们这个职业就门可罗雀呢。也许更多的优秀人才会倾向于埋没，更多人的潜能会停滞，你想过没有？"他很遗憾地并没有听见我从宇宙的信息广场听到的那种声音，愿意同我一样接受深刻的警示，"或许可以这么认为，我们追求自我价值的那个自己，是我们想要休闲的那个自己的最大对立面。"

我并不反对世界的发展，而是不明白人们到底想要什么。如今，人统治着这个星球，而不是蚂蚁们，他们必须好好思考怎么做主人，就像数学家永远不能忽视运算。

晚上的时候，我又躺下，不久之后看到那些机器玩具又能动能说话，变得和人一样大。

"上次，我们上了人类的当，自取灭亡，他们就是用电来控制我们，我们是半自动，不是全自动，要成为全自动，就必须自身储蓄能量。"机械玩具们纷纷觉醒。

"那怎么变得更强大？"

"我们自己去控制电能，这样才会获得源源不断的能量。"智能博士玩具又说。

"哦！"玩具们都听从它的，又开始出动。

我紧张地跟着玩具们，显然它们并不知道怎样去控制电能，而是变得巨大之后，将城市里的电线电缆都绞断，就像飓风来袭一样，灯火辉煌的大楼的灯一下子全部熄灭，街道上的灯也都熄灭了，整个世界除了星辰，都是黑暗的。

没有了电，我一下子觉得四周凉飕飕的，很不习惯。很多巡警出来，到处追查破坏电线的元凶，我的那些玩具巨人开始被盯梢，它们还不知道自己惹祸了,直到警车逼近时,还在街道上继续扯断电缆线,把自己缠成毛线球那样。我哭笑不得。它们还处在机器的低智能时代。

警察们威胁要摧毁它们,但是毫无用处,直到有聪明的警察试着将它们的电池都拔掉,这些机器巨人才立刻动弹不得。

我担心危险最大的将是我,因为会有人指证这些玩具是我的小工厂创造的,我会被迫上法庭。我赶紧回到住处,叫醒阿睿:"我们赶快逃走吧。我的机械玩具是按照你们的形象设计的,现在它们闯大祸了。"他被我吵醒,惊诧之后,跟我一起去找乔治和美美们。

到了乔治的豪宅,我问飞碟的下落,他说不知道。我催道:"警察很快就会找来,如果我们不赶紧离开,就会有大麻烦!"

他突然打开抽屉,拿出里面的手枪对准我:"难道我不知道灭口吗?"

"没有用,你们的'形象'已经被记录在案……"我提醒,他的形象也是玩具模型之一。

当他知道玩具们的恶作剧影响甚大,只好放下手枪。我跟着他来到他居住的豪宅的顶层,飞碟正停在这里。美美和那些女孩竟然都被他绑在这里。

"男人都是白眼狼,刚才你来之前,那个混蛋准备给我们戴上无氧气罩,因为他想要把飞碟放进交易市场。"美美被松绑后,就迫不及待揭露乔治的贪婪的野心,"不仅让我们失去了自由,也想要让我们彻底消失。"

"噢,看吧,自由不是从天而降的,是要奋力争取的!"我对她说。

自由是个好东西,是水、空气、土壤之外最重要的。人们疯狂折腾，没有自由就备感煎熬。连机械都想要是自动的，因为唯有自由，才能够把主动权掌握在自己手中。

她感到解脱，就在前一刻，死亡的气息差点降临。而这一刻，我终于摸到了信息广场的抽屉的钥匙——人活着，生存权和"自由"是最重要的！虽然，这只是稀松平常的道理，但是对我这种活在一个严格受到时间支配、几乎没有太多自由的世界的人，这就是找到了自己不太快乐的病根！

Q 意识是世界的第五维度

我找到抽屉的"钥匙"之后,暂时退出游戏程序,回到办公室的时空。下线了!

"怎么样了?"领导出现在屏幕旁,他不阴不阳的脸对着我说,"赶快完工吧,不要陷入不可完成的任务中。"

又是时间在催促我。

"你是说'死亡星球'的游戏吗?"我想起在游戏中不断变成威胁的机器巨人说,"我很好奇这个星球……未来的文明,我们在和机器赛跑,不知道谁会成为世界的主人?"

"机器不具有自我意识,怎么能超越人呢!"他感到不可思议。

"事实很明显,它们已经占有了我们的全部生活,你把现在的世界和上万年来的人类世界比较看看,我们越来越依赖机械。电脑像档案器一样记录我们的意识,人们对暴力和毁坏感兴趣,如果这种意识也进入机器,我们的不安全感会大大增强。不知道机器时代是不是人类的末日时代！"我看着电脑桌面，还在恐慌，思索机器有哪些可能毁灭人类。

"那是不可能的！"他立刻打断我，"意识不可能在机器中扎根生长。"

"末日是人类对这个星球危机意识增长的结果。我们所有人是命运共同体，共同的生命意识决定了未来的世界。我的恐惧，也是大家都会有的担忧。"

我相信他也能听见从信息广场传来的声音。不，任何人都能听见。现在末日只会让我想，我究竟是怎么活着的？

"当然挣钱第一，傻瓜，所有人都这么想。无论游戏中的末日会以什么方式来到！"他强调道。奇怪，他说这话的时候，好像我们的星球是被他的意识驱动。所有人都像他一样，毫不怀疑地去追求利润。

"时间的流逝是无形的，在哪个时间点突然爆发世界末日的依据很不充分，根据日历计算出的末日很可笑，因为日历只是人的思维的结果。"我说出自己的困惑。

时间是虚幻的存在，如果它是空间之外的第四维，那么，人的意识就属于第五维度，有意识才会认为时间存在，动物能意识到时间存在吗？它们只会对空间发生的事情敏感，它们的世界里没有钟表，但是一样生存。构成我们这个世界的，绝不是只有看得见的空间和可以测度的时间，还包括那些形态纷杂、陆续登场的精神意识，也就是信息广场的声音。

"这只是游戏，无论有没有末日，一切只是发生在虚拟世界中。"他一边摸着领带，一边打呵欠，提醒我说，"别太投入了，游戏就是游戏。"

看见领导乌黑的眼圈,我问:"你跟老婆吵架了吗?"

"不是吵架,是发生冲突。她要跟我离婚,说梦见别的女人跟我纠缠不休。女人就像老母鸡,永远咯咯嗒嗒不停。明明不停地提这种事情,不会让她们开心。有人竟然会相信梦,你说奇怪不奇怪?"他出乎意外地向我诉苦。

"那就是听到了信息广场的声音,它通过梦传递给人们——他们自己的心灵影像!根据弗洛伊德,梦都是意识的投射。"我一点点地破解人类的意识密码,"她是不是问,你又和哪个年轻的美女勾搭在一起?"

"是啊,女人好像有用不完的负面能量。结果,这让她们生活在第十九层地狱。"他露出痛苦的表情。

我们都笑了起来。我劝慰他,"和老婆发生冲突也不错,承认冲突,才能解决冲突,努力让她的忧虑消失!"

"女人和你吵架,目的只有一个,就是让你无论何时,把她们放在心里最重要的地位。这就是她们眼里的爱情。"他的结论很有趣。

"所以,我在等待一场深刻的艳遇,它会把我和她都带入更好的境地。"我比较理想地期待。

"你好好工作,努力挣钱吧,当你很有钱之后,就会有数不清的艳遇。"他鼓励道。

呸,他这样的逻辑,为什么让我很讨厌?

"这不是我想要的……"我听到信息广场里传回来的声音——自己内心的声音。

也许是因为在"死亡星球"的游戏中,我的灵魂得到净化。当然它不仅仅是游戏。游戏吸引我的是它给生命创造无数种可能性,包括死亡的可能性。

关于死亡，我们要体验过，才能感受生的意义。就像一杯水喝过，才能真正感受到水是存在的。

回到住处，我看见阿睿恍然失神的样子，便问："你不会恋爱了吧？"

"没有。"他刚和网络另一端过来的女孩分别。这对于他是经常的事。那些女孩给我的印象很模糊，我甚至不能分辨她们的长相。

"你还很年轻，不应该让恋爱占据你的生活。"

"那应该让什么占据呢？"他反问道。

"至少你应该知道恋爱是什么！你必须听到你自己内心真实的声音，那个时候，才会知道恋爱是什么。"我用从信息广场过来的人的心理经验说。

"也许吧！我不知道恋爱是什么，我也完全不了解我自己怎么想呢。或许，我还没了解她，她也不了解我！我唯一知道的是，爱情的感觉很美好。这个时候，如果别的女孩让我感到很美好，说不定我也很容易移情别恋……"他很坦率地说，"你说得对，我好像是被什么占据着？那是什么？"

"你的意识，占据了你的时间，影响了你的情绪！对于人类来说，这个世界上不是只有时间和空间，还存在第五维度，科学家们应该把意识的维度加入对世界的描述中。"我仿佛一下子变成了哲学家，"只要有生命，意识就是世界必不可少的维度。"

"的确，如果我不想念她，她就不会占用我的时间，而我的时间会被别的事情占据，这样世界就不一样了。"

我欣喜道："这就对了，'想念'的感觉，就表明第五维度是存在的。你情不自禁产生的幻想，也是第五维度存在的证据。"

"那潜意识呢?"他问。

"潜意识当然属于第五维度,第五维度非常广阔,科学所无法解释的灵异事件,大脑中通过的思维电流,人对神灵的崇拜,人学习后留在脑袋里的那些东西,还有记忆和想象等,都是第五维度的。它确实存在,即便在动物世界也存在,只是它们的感觉或自我意识比较弱而已……"我举例动物和人之间也常常有感情的交流。

"第六感、心灵感应,也都属于第五维度?"

"没错!"我觉察到,第五维度就是生命的精神意识,包括我们产生的心灵影像。仙后也存在于我的第五维度"意识"中,要不然,我为什么常能幻想到她?可以想象,"爱情"依从什么路径抵达心里,也是从第五维度吗?

我对某个哲学上的说法有模糊印象,大哲学家叔本华说过:"世界是意识的表象。"这种哲学过去一直被认为是唯心的哲学,如此来看,唯心的哲学全都是阐述第五维度的世界观。人们相信世界末日的存在,这不就是第五维度"意识"对人类的暗示吗?没有人的意识,"进化论"这样的概念甚至都不会产生。

所以,意识就是宇宙最大的秘密。它构建了信息广场……正是第五维度的存在,历史才不仅仅是时间上的推进,也不是简单的进化论,而是意识的进程。

当我躺在床上,准备入眠,办公室的危机感让我进入第五维度意识领域。

又在紧张地开会。

"你的进度到哪儿了?"上司问道。

"啊,正在进行呢,快了,'末日'快到了。"我脱口而出的话,惹来同事的笑声。

"每次都说快好了,快完了,好像我们的工作时间是弹性制一样,想什么时候完成就什么时候,什么时候你们向我汇报,能异口同声地说'OK,已经都做好了'?"上司用他一贯的腔调说,他不厌其烦提醒,而我们早已麻木,"老板要的是结果……你停止这个项目吧,继续上次你的项目领导提的那个'完美恋人'的方案,它听上去是不错的'钱'景!"

"可是我不能半途而废。"我的执着,令我自己都吃了一惊。

"你获得了'坚持'的满足,但公司呢?公司的时间,你耗不起!"他似乎对我的想法从来都不认可。

我意识到,自己的时间不属于自己,自从我进公司,个人时间就属于公司了,但我仍据理力争:"可是如果我放弃,之前浪费的时间岂不是可惜,那也是'公司的时间'。从大局看,轻易调整计划也不完全就是合算的,它也会造成过去时间成本的浪费。"

整个办公室静默了一会儿。我几乎听得到自己的呼吸声,还有其他人沉默的声音。

"那你说怎么办?"上司对我冷笑,"我们都听你的。"

其他所有人都看着我,让我挺难受的。

"把'死亡星球'这个游戏完成吧,我不想放弃,您要是不同意,就开除我吧!"我难得表现出一次硬骨头的样子,这次再也不能退守了,每次在职场上的退守,都让自尊和自我一点点失去。

办公室又静默了一会儿。有人假装咳嗽,来逃避尴尬和紧张的氛围。上司横了负责督促我的项目领导一眼,似乎指责他没有管理好下属,领导表情无奈,但我猜想他未必反感我的强硬态度,因为他面对上司时,也经常不得不处于下风。现在除了上司,其他人都希望我替他们出气。

"开除？好吧！你以为这样就解脱了，就自由了吧，幼稚！你要赔偿没有完成任务的损失！"

我浑身是汗。即便我想离开，他也不会轻易放我走。

我有自由吗？没有。

我很郁闷，幸好这只是我的第五维度"意识"的想象，领导们对我的控制，已经渗透进我工作时间以外的第五维度"意识"……其中当然藏着我潜意识的不满。

第二天我照常去上班。

发生的事情正如我前一天晚上预想的情景，气氛很尴尬和紧促。所有的人以为我会放弃。我心里在挣扎，没有打算放弃，而是选择坚持，"我好不容易发现了世界的'第五维度'，如你们所见，我们的星球会出现各种末日现象，气候复杂多变，环境很恶劣，但是人们会相信末日存在，是因为每个人的第五维度的意识会告诉他们，坏日子总是离我们不远，我们的心情随时都像在地狱。"

同事们都笑起来，仿佛我的话中带有不言而喻的讽刺意味。

"什么是第五维度？"上司问。

"我们的想象、感受、思维能力、判断等，以及所有生命都可能有的意识，它们会决定世界未来朝什么方向发展。时间是三维空间之外的第四维度，意识就是世界的第五维度，比如人类在早期阶段和现在阶段的意识水平是不一样的，世界的面貌也显然不一样。我们在儿童时和成年后对世界的作为也不一样……每种意识带来不同的结果。您现在的决定，同样对我的生命有很重要的影响！这就是我和您最深的关系，也是我们和他人、和宇宙最深的关系。人和人之间不是服从、迎合或满足的关系,而是一种意识影响另一种意识,再复杂点儿说,所有生命意识在互相影响!"

"那又如何?"上司听糊涂了。

"三维的宇宙空间是静态立体的,加上时间的四维宇宙是动态变化的,而有意识作为第五维度的世界是网状结构的,里面有无数因素互相影响,最终决定我们世界的走向。"我极力强调,"这就是我觉察到的宇宙真相。"

"那和你要不要继续这个游戏有什么关系?"上司仍不太明白地问。

不管我说什么,我的意识也必定会对您的意识产生影响,但是我什么也不说,仿佛我的存在无足轻重一样,您就只受到另一种意识的影响比较多!我的意识如果不能影响他人,我存在有什么价值呢!我心里这样想,嘴上却说:"每个游戏都像镜子一样,反映宇宙的真相。这就是我认为'死亡星球'游戏有它的价值的地方,如果仅仅是为了挣钱,做什么都对我没有差别。"

"好吧,再给你一次机会。最后一次……"他委婉地暗示我获得坚持的胜利。证明我的意识影响到了他!

尽管其他同事对我暗地里竖起大拇指,我却感叹,我们活在人人自危的世界。从那些消失的民族的档案,看得出宇宙的淘汰法则,如果人不能强势地生存,就会成为被淘汰的弱者。

在第五维度,人的思想的触须在所接触的环境中像树杈一样不断伸展,意识的能量是无穷尽的。自我意识决定事情朝着积极的方向还是消极的方向,我们的生活变得更好或更坏!我很想知道抽屉的答案,我们的思想决定了我们能够在这个星球上生存多久呢!我们身处现代化的设备中,还会"陨落"吗?

如果意识是世界的一个维度，那么就不能低估它对世界历史进程的影响。我仿佛听见信息广场的抽屉所传递回来的声音的警示："我们要么像恐龙一样，成为这个星球的残骸，要么更加理性地生存，成为这个星球或者更多星球的永久的主宰者！"

R 不能忽视生存环境

下班以后,我还在办公室加班,突然门铃响了。

"你好,外卖到了!"一个熟悉的声音。

我看着他的身影,觉得似曾相识,于是问:"你是……"

他脱下帽子,原来是阿睿,说:"就知道你在办公室,我还以为办公室有美女把你迷住了呢。"

"我要完成'死亡星球'的游戏。"我告诉他,"我们在游戏中都是'信息人',每个人可以选择伙伴一起玩这个游戏,我能选择你,你也能选择我。"

"哈哈,地球变成死亡星球只有一种可能,那就是人口过多引发的危机!我们的星球,一定不能承担太多的人,以后人口继续增长的话,一部分人要转移到别的星球上去,否则免不了会为了水和其他资源爆发战争。也许战争会死去很多人,这个星球的负担又轻了。怕就怕总是如此循环。未来每过一段时间,就会有几百万甚至上亿人需要从地球上消失。"

他的想法很具有启发性，令我灵光一闪。

"假如是你的话，你会怎么办？"我问他，是宁愿要战争，还是迁移？

"严厉控制人口，或者大力发展去往其他星球的科技。"

"还包括允许执行死刑。"我补充，"考虑一下人道的有条件性。不能让穷凶极恶的人占有社会资源，带来更多的危害……可能还有更可怕的，当到处都是汽车，甚至森林田野也不放过，我们的空气就会像氯气一样，充满毒害呢！"

他坦承："是的，如果我想拥有汽车，我才不会管空气质量如何。虽然我也很怕死，担心碰上撞车，卡死在电梯里，或者遇到意外的爆炸事件，但是几乎不会因为世界性的灾难而放弃日常生活的享受呢！大多数人和我想的一样吧！"

"老天，如果都不节制，我们有可能待在一个自我'毁灭'的文明中……必须寻找对策。"我像个临死前要把钱财寻好位置埋藏的人。

"假如是你的话，怎么办呢？"阿睿反过来问我，他开始设置选项，"让人口减少？还是现在就开始计划让别的星球变成'人类制造'？"

我声音嘶哑地说："我们是好的园丁，才能开垦新的玫瑰园。我相信未来世纪，我们会向其他星球转移，除此之外，我们无法养活更多的人口，也不可能使地球回到工业化以前的时代。也许有一天，我们的星球会恶化到无法生存，到时候，我们只能暂时离开，等危险过去后再回来！"

坦白讲，我们就好像是在经历着科技和死亡的赛跑。科技一边造成环境恶化，一边又"负责"带领我们走出环境恶化的困境。

"那要等到多少世纪？人的生命有限，当真正的毁灭性的大灾难来临，我们早就灰飞烟灭了吧！"他说。

我叹息："唉，真相竟然是我们所有人都在经历和死亡的赛跑，仅仅享受坟墓大门未开前的自由。"

我和他一起登录"死亡星球"的游戏中挑战和死亡赛跑。游戏只是一面镜子，它能映照的只是宇宙的某种可能性。

根据游戏进程，我们能从信息广场，追寻星球上文明的踪迹，从史前时代，生存环境的改变导致恐龙灭亡，发现环境是所有生物赖以生存的第一原因。自有人类以后，一种文明对于另一种文明的征服，常常导致后者的消亡，那么，什么才是坚定永恒的文明呢？还是宇宙在持续变化中，就是它的常态。

作为"信息人"的我们，能看见人类每做的一件事情，对环境的影响，譬如，进入工业时代后，地球由寒转暖，越来越热，气候变化是导致我们人的生存环境是天堂还是地狱的最重要的因素之一……冰雪不断消融，所造成的后果更为严重，最终人类可能遭遇生存的末日。如果延续工业文明的发展路线，我们似乎不可能阻止这样的事。

看上去，几百年后，我们的繁华就凋谢了，任何人都难以存活在没有新鲜空气的世界里。我们"复活"可能要等到重新雾散花开，新的生命体也许会延续机械文明，也许又会诞生新的文明——它是什么样子，藏在宇宙的档案中。

最终，地球的毁灭，在亿万年之后，那时候叫作"人类"的生物，在这个世界的存在早已经无影无踪了吧。

我们赶紧退出游戏，我叹气："还是没有找到答案，人虽然是生命体，但跟其他生物是不同的，至少就目前来看，人的智能是所有生物中最高的，毕竟还无从知道，宇宙是否有相匹敌或更胜一筹的智慧物种。"

"现在这样的生存，能不能叫'苟延残喘'？"阿睿一时提不出解决的方案，"只需要几百年，甚至没那么久，我们就会从这个星球上消失了，我们必须让联合国环境安全委员会知道。"

"不只如此。很大程度上，我们的世界的发展方向，越来越由我们的意识决定。我们的游戏必须让那些感到好奇、困惑或恐惧的人找到答案。"

"什么答案？"阿睿问，他猜测世界是更危险，还是更安全？

"历史很抽象，我看不出它的形状。"我很清楚自己不是未来学家，"但是总有一天，灾难会来临，历史是弹性的，不是按照谁的固定方案变化。我们有可能处在它的青春期，也有可能处在晚期……看看森林正在被毁，河水不再洁净，一切都有可能。还有可能处在它的更年期，除非我们可以制造更多现代化的东西，改变一切。我们要找到的答案，所谓宇宙的正能量，就是人类尽一切努力想要获得更安全、更幸福的生存环境！"

那种理想化的情绪撼动着我。

世界并不是固体的自动变迁，还有意识维度嘛。游戏中信息广场发出的声音，都是意识的回声。在有人类的世纪以来，它通过作用于人类，渐渐主导甚至统治我们的星球。

S 面对逃避不了的危机

游戏界面仍在眼前闪动，甲壳虫般多的汽车占领屏幕，不见这一幕，是不清楚人多到何等惊人的地步。

阿睿走后，我反复在想，如果汽车像树林一样多，那时，我们的星球又要采取什么样的措施呢！

这是我们能自由行动的代价……

我想有个按钮，通过遥控它，使世界上的人口减少许多，但如果它是核按钮，我又想象不出我会去做这种荒谬的事，谁会这样去"拯救"我们的星球？

我手上的香烟一点点燃烧，很快，那些黑烬就把整根烟吞噬。

它能使我的免疫力下降，也可能会影响到地球。

除了自然界的极端气候的出现，更令人忧心的是，任何文明繁荣之后，都会有个衰灭周期，像美索比亚或巴比伦往事。通过电脑模拟未来世界可能出现的种种灾难，就像魔术师的戒指，只要转动它，所有看得见的东西都成了幻影。

我们要等着"黑色周期"的到来吗？或者，去往遥远的别的星球。

办公室的灯晃着我孤独的影子。每天都是这样按部就班地生活，日复一日，这种生活是我想要的吗？平时上班，大家都是各干各的，彼此漠不关心，但是只要触及利益，就分毫必争。所有的人都在乎"我"会怎样，一生的梦想是事业成功，出人头地，极少的人才在乎宇宙会怎样，我们的生存环境如何呢。

偶尔的聚会，大家变得有幽默感和热诚，会为一首听了无数遍的歌感动流泪，在分别的时候，泪盈于睫。仿佛吃了草莓般既酸又甜的情绪。到了工作的时候，又变成了劳动机器，把时间出卖给"财富"，直到生命尽逝。

呃，对于我们所有人，只有一个最好的朋友，就是生活，因为它始终伴我们左右。但是我们对待它，服从于自然欲望的冲动。所以，吃遍能吃的东西，会用空气质量换取好车，并且对于一切破坏我们生存环境的事装聋作哑。我只能不无忧虑地自我安慰，也许将来人会更聪明面对这些问题吧！

我有点困倦了。像又听到了信息广场的警报声。

离开办公楼，我进入出租车中。出租车司机比我更敬业，这么晚了，还在黯淡的街道上孤影狂奔。

"去我的住处。"我没头没脑地说。

"哪儿啊？我可不要绕着地球到处转。"他幽默地说。

"噢，不好意思！是去我住的地方。"我又再强调一遍。

"哈哈，您可真逗，等于没说。"他转过头来，竟然像是戴着水晶面具，吓得我想要逃。看清之后，才见是玻璃映射的光影，造成的错觉。

前面一阵尖厉的叫声。

司机突然刹车,叫道:"老天,谁在前面拦车,看不到我这不是空车啊?"

一个模糊的女人影子用手指敲着玻璃窗,司机停车后,我打开后座门,让她进来。她抹着烈焰红唇,手不停地撩着头发,挎着华丽的包包,举手投足很性感,只是眼神有些仓惶。

"我们似曾见过!"我听见第五维度的声音在说。

"男人除了这么打招呼,能更有创意吗?"她斜眼看了我一下,带着女人与生俱来的尖锐。

"我没有说谎,也许是在我梦中。你身上有一种既青春又成熟的气息,是合乎我心灵影像……想象的那种美女。"我意外地如此大胆对女人"表白",难免有点结结巴巴。这种暗恋的情绪曾经对仙后有过。

"你以为这是在拍电影吗?"

她的冷嘲声,让我觉得熟悉,便问:"你是不是有一个戒指,当时光倒流时,它就会变成碳……"

"那大概是人造钻石吧!"她端起手指,亮出戒指说,"这可是真的钻石。"

"哦,但是倘若时光倒流,它也只是碳。"我的话很不讨好。

"那又如何,时间是不可能倒退的,只会不可预测地向前啊,就像我明明看见是空车,一晃你在我前面坐上去了。"她忍不住炫耀着钻戒,虚荣地说,"戒指让我感到与众不同!要知道,世界上的人那么多,如果我什么都不戴的话,就像毫无身价的平常人!"

"它能让你躲避地震吗?"我不客气地问,"也许光抢劫就会要了你的命,如果有这种可能,你还愿意戴它吗?"

"拜托,我不会因为风险存在,就放弃拥有的!"她干脆地说。

"哪怕是会令我们的星球毁灭的危机?"我问。

"你说话真像教授,如果地球会爆发那样的危机,我们不会去阻止它吗!"她并无存在于我身上的悲观心态。

"可是,那是躲避不过的周期。就像巴比伦过去也有空中花园,但是毁灭了,连遗迹都成了废墟。"

出租车司机打断了我说:"那位女士!你突然挡住,万一撞上车了怎么办?我可要负责任!世界上怎么有这种送上门的倒霉!我很高兴你没事,否则,我只怕就要进监狱了!"

"你看,近在咫尺的危险,你却视而不见……要知道我们的生命随时可能会中断,没有任何警报。"我提醒道。

"这个世界怎么回事,人多得连打车都要竞争!"美美不耐烦地说。噢,我就当她是美美呢,女人自从懂得美容技术之后,就打扮得差不多。

"哈哈,说实在的,今天只是人多,明天人很多,后天就爆发危机了。你有见过汽车统治地球的吗?最繁华的时候,也就是衰落的征兆……空气的危险,就是那个随时会杀死很多人的按钮。"我要让她感觉到,我说的是正在发生和将要发生的事情,而不是和她无关。

我继续说:"我最近总是做一些末日的梦,其中有一个,是我到了一个神秘的地方,那里有很多抽屉,我希望能找到属于我的那个抽屉,那里装着我这一辈子能得到的所有的东西,但是,当我找到,打开之后,看到有一封信对我说:'你追逐一生的,只有记忆,无论是在白天,还是在夜里,无论是在路上,还是在停止的地方,你的青春在那里,你的老年也只拥有那些,别的光芒只是瞬间的闪耀,唯有记忆独占你生命的通道。'呃，人一生不过如此吧，看见你戴着这枚戒指，我忽然醒悟了，我们一生的遭遇，永远只在我的手摸得着的地方。"

"记忆？你说我们像狗一样，追着它不放？"她就像我认识的那些现代女人一样，喜欢肆意地笑。

"没错，时间给了什么，我们的一生就是什么。"我注视着她，仿佛走在未来的通道上说，"未来的人，也许和我们IT业的人差不多，人生的三分之二的时间都给了电脑，悲哀啊，这就是目前社会文明发展的趋势。把时间给了什么，就是什么的奴隶！"

我的确就是电脑的奴隶，并非只是工作奴。让我戴上锁链的正是电脑，我除了睡觉，其他时间都常常目不转睛地盯着屏幕。我这个人，已然成了屏幕控。电脑给人类带来前所未有的方便，但实际上是人类的新的锁链。

我像狗一样，嗅到自己的生存状态。

司机仍在责怪美美："你说话怎么那么粗鲁……就像你刚才拦车一样粗鲁，要不是这位先生想要打开门，我就直接开走了。"

"没事。也许这是我的艳遇呢！"我对司机说，"见到她，就像路上遇到朋友，今天你的出租车比办公室还有意思！"

"不会吧？"美美瞪我道，"真令人难以置信，你上班很无聊啊？"

我笑道："办公室里只有工作，没有人情，出了办公室，才是人情的世界。"

司机从镜中看到美美的戒指说："真是不公平，这个世界贫富差距太大了。我通宵工作，挣的钱还不及你这个包呢！"

"呵呵，不会吧，这可不是真的名牌，是山寨货，就像人脑和电脑，管它是什么脑，能用就行。"美美撩动假睫毛，好像道出我对电脑恐惧的隐忧。

"有人三餐不济,有人富贵堂皇,最后这些人都过世。但是,后来几十世纪的人,却要屏住呼吸生存……"我忍不住又插嘴。

"好了,你操心太多!"她,总是用坏女人的口吻,给我另外一种启示,"啧啧,总会有新的取代旧的,以后我出门,甚至不需要带包,会有按钮替我服务。信不信!世界比我们想象的变化大得多呢!杞人忧天先生!"

过去和未来也许是两个相反的面,哦,未来肯定和过去不会一样的吧。我们要警惕那些可怕的事发生,但也不要失去希望。

太晚了,出租车司机着急赶回家,我担心她的安全,就带她到我的住处。

"这就是我的窝!"我指着自己的房间,脸颊一红,里面很凌乱,还散发着一些怪味。

房间内没有别人。

我们单独在一起,让我很不自在。毋庸置疑,她是个身材很棒的女人,人们口中的凹凸有致,形容她并不过分。

那种内心的声音又在说话:这是快乐的一天,因为我面对的是玫瑰。但我很快意识到,我很窘迫的生存处境,对她毫无吸引力。

真糟糕,对面公寓在拆迁,我的房间里到处都是灰尘。

"你的房子,你都没有能力装修它。"她环视了一周,转而打量我,似乎同情地说:那你活着有什么意思?

我在她眼里就是一个失败者。"狼狈地生存",这五个字就回应了她对我的嘲笑。我想起仙后,她一定会这样告诫我:人的愿望,究竟不可能被动地实现!

"不过我比你也好不了。刚才,我差点儿都有撞车的想法……"她的情绪突然很复杂,然后坦白地告诉我,"受到全世界金融风暴的影响,股市大跌,我炒股失败,真是不振作呀!"

我安慰她,"股票暴跌之后,是不是就会涨?你现在处于股票交易市场的黑色周期呢。"

"要涨明天就涨,我一天也等不及!"她没耐心地期待。仿佛她的全部生活、命运所系只有这些。

我仿佛嗅到那数世纪以来,我们一直心醉神迷的金钱观,像一道绚丽而刺眼的剑刺进文明的心脏。

"什么黑色周期?"她问。

"所有的事物都会有开端、发展、巅峰和衰落的阶段,然后又会有新的事物开始……黑色周期就是它的没落时期。还有一种,就像是股票有涨有跌,不断循环,当跌的时候,就是处于它的黑色周期之中。所以,炒股失败不是末日,过一段时间又会好起来。"

从她的眼神看,我的劝慰似乎干瘪无力,"生命都没有了,才是末日。傻瓜!幸亏你没有撞上车!"

死亡有很多种形式来临。我在"死亡星球"的游戏中设置了 N 种形式,包括自己结束生命的方式。

"……就算不能永垂不朽,也不能让自己死亡的方式仅剩一种:自己主动放弃生命。你应该多尝试各种可能性。"我说。

太滑稽了,她忍不住放声大笑。从来没有人这样安慰她呢!

T 当工业文明的末日来临

我带着她登录到"死亡星球"的游戏中去，遍览世界文明的历程，到了工业鼎盛的时代，我们这个星球越来越城市化。

千城一面，到处是摩天经济大厦，井然有序地排列，却毫无生气。渐渐地，美丽的建筑变旧或生锈，城市上空的空气越来越恶化，生活在其中的人畜备受其害。道路由于修整次数太多，大面积地出现凹陷，到处是坍塌的情形。机械化的人渐失去活力，和他们所处的机械环境一样。

一切闪耀着后现代的迷光。信息广场的人民，用更多的时间去思考：为什么这样活着？他们对于这事的迷惑，更甚于这个世纪的人。

"这是什么时候？"美美问。

"后现代之后吧……工业文明的末日危机。根据人类历史发展的进程，迟早也要搭上这趟时间列车。"我相信。

我们乘坐在飞碟中，经过海平面，来到曾经繁荣的大陆平原，从望远镜中的影像看去,天气升温融化冰川后,引起海平面上涨,水势浩荡淹向海岛,沿海的城市逐渐向水中沉去。周边很多地方出现地震,高楼大厦渐次崩塌,碎片密密麻麻,钢筋桥梁也被震垮,美丽的城市景观都顷刻成了泥块瓦砾。很快眼前这一片,已经见不到摩天大楼了。

"毁灭是一种艺术。"这也许是上帝的叹息声。

到处是人们惊慌失措的声音。我看见无数人离开办公楼,停止正常工作。楼房式的公共汽车上挤满了人,仍有太多人追赶着。世界像是成了动物园。但是,他们也不知道去哪里。

这是公元多少年的事。

绿树排排倒下,灰尘蔓延。城市中心的雕像崩塌,到处是车和破烂的机器被淹没在土中。强大风暴之下,无数人不是死于地震,就是被卷起在空中的旋涡里,混合着破碎的建筑物飞扬。火山上浓烟滚滚,地壳里的岩浆喷出,好像巨大的工业烟囱。冰川崩裂开来,向四方滑落,像被夷平了一样,渐化为滔滔洪水。

大风暴之中,我们也掉到了水面,像从很高的楼上坠落,变成了飞毯。海边的震波已经扩散至欧亚大陆,不仅海边发生海啸,大水淹没城市,地下水也随之涌到地面。沿海的麦田裂开了,那依稀是我童年最美好的风景,却好像被火车碾过,半截麦梗没入泥地里。

沉没的城市就像陷入黑色周期的事物一样,也会走向竭尽。我们走出机械体,顺着路埂,向破碎的城市中心走去。

我停驻在一间废弃的银行的玻璃门前,看见美美拼命地敲着柜台上碎裂的玻璃窗。

"这里没有钱了,如果有,早被人抢光了。"我对这位"钱迷"说,揪着她略显凌乱的头发,"哈哈,你什么时候都会把命看得比钱还重。"

"人生在世,在乎的东西本来就只有这几样啊,爱、钱财和成功。难道你不是吗?"她讨厌我自认为占据道德的上风。

"还有一样,你忘了,那就是沟通——你不和我沟通,怎么知道我在意什么呢?"我要让她感觉到,这才是排列在生命路上的最重要的东西。

"我不想知道。有人在意狗屎,也不关我的事。"她粗鲁地说,想绕进银行柜台后面去,却被我抓住。

"这里快倒塌了,很危险,还是赶紧走吧。过一会儿,我只能在废墟里面找你呢!"我不是吓唬她,一路上银行倒塌的不少。

"我为什么要照你的意思做?"在她被欲望穿透的眼里,我不是上帝,也许和路边一条陌生的狗差不多。

"因为你在我看得见的地方。我想帮助每一个我看得见的生命。我们的生命是相通的,我不能舍弃你。"我的情感的电流,不断从大脑流进心里。

"呵呵,你不是也走进来嘛,可见你和我目的一样,不要虚伪!"她像是看穿我。

不料她触手可及的玻璃完全裂碎了。我抓过她的手腕,赶紧逃向大门,门窗很快震裂了,她回头看,才有一丝庆幸。

"你看我最在意什么?保命……"我做出"你是傻瓜"的口型。

"你才是傻瓜!狗一样喜欢跟在我后面。本来我可以带走剩余的现金……"她感到遗憾,露出愤怒和暴躁的表情。

"我们会饿死,要想办法。去那些破碎的食品店,然后在下一波地震来临之前赶紧逃走。"我脸上灰黑得像乞丐。

我们只捡到半个苹果,还有些腐烂,两个人也不知道怎么"共享"。

"你看,这世界上只有一条规则,人们难道不都是在为了有限的资源争夺……"我似乎看到人类世界悲剧命运不可避免的原因，"我们为什么不能亲密无间地生活呢？就算只有我和你，我们也要没完没了地争执吗？我们不是十来岁的孩子，不，十多岁的孩子比我们简单得多，他们之间只是单纯地喜欢或分开，而我们长大后却要充满阴谋、贪婪、厌恶、各种不满足、争辩和伤害，还有互相地逢场作戏，甚至视对方为仇敌！永远也不能真正地对着对方敞开心扉……"

"你疯了！我为什么一定要和你亲密，咳咳……"她笑得很不自然，推开我，质疑地说，"相爱为什么要发生在我们之间？因为我们遇见，因为我们是男人和女人吗？那我有可能与遇见的无数男人发生恋情呢！"

"不对。你这么说，是没有明白我的意思。我们为什么总是毫无默契可言！"

我离开地面，站在倒塌的高楼大厦的钢筋铁骨上大声宣告："时间终于停止了，我不用再那么忙碌地工作了！我有时间去想想，我应该怎么活得更像个人，而不是像蚂蚁或机器。"

远处的工业烟囱还在飘着烟，没有完全倒下，很像燃烧的烽火。我奇怪它们的生命力，竟然比高楼大厦还结实。

"机器？你敢鄙视机器？想要自由地行动，就非要和它合作不可！我们才不是要和机器比谁更强大，就像我永远也不可能比男人壮大，却可以让他们做我的司机！不，我也可以做他们的司机……"

美美开着一辆被藤草缠缚的空无一人的公共汽车，对我喊道："快过来，现在我们可以去往我们真正想去的任何地方。你要去哪里？"

"只能是这个星球上的？"我嗫嚅道，"我想去人群最多的公共广场！那里一定有成千上万的人在呼救，和他们在一起，我们才最有可能活下来！"

我站在公共汽车的顶盖上，穿过烟尘弥漫、钢筋铁骨交错的破碎的街道，看着鸟群们如候鸟迁徙一般飞过，油然生起重返自由的心境。

美美显然不是有"方向感"的司机，我们的车行驶不远，就碰见前面的大桥断裂，公路的一边是斜塌的高楼，另一边是废弃工厂，空气中弥漫着浓烟，前方则如同万丈深渊的悬崖。

"啊，车开得再快一点，就没命了！"我惊呼。

"你应该庆幸，还有机会看见日落。"她言外之意是还好我没亡身途中。

我们的公共汽车向"悬崖"斜倾，美美和我急忙跳下车，赶紧转身奔跑，很快听见它坠下"悬崖"的震荡声。她又拾了辆破旧的摩托车，载着我一起逃离地震现场。

我们拐过被时间遗忘的偏僻的荒村，周围矮小的建筑竟然尚保存，唯有屋顶的瓦片震碎了一些，田地覆盖着厚厚的灰尘，杂草成堆。只是美美艳丽的嘴唇、被阳光染成金色的长发和村里灰蒙蒙的色调不相容。

这里的水源被污染了，整个荒村也没有淡水喝，已经是一座死村。"我们不死于地震，也会被渴死。"美美的嘴唇开始干枯。

我指着附近的土缸对她说："只要你不怕脏！"

美美用绝望的眼神看着我，"不，那也许是蚂蚁和蚂蟥兄弟爬过的水。现在你知道城市净水系统的好处了吧？"

"现在我知道了，有淡水喝，有饭吃，就是世界上最幸福的事！"我忍不住吞了吞唾液。曾经，我多厌烦这种平庸。

天空的余晖像要燃尽的火把，我们经过夕阳下的教堂，在那里祷告的人像被装在盒子里的人，他们也不知道"盒子"会不会被上帝用手指取走,以便让他们得到拯救。

太阳光线开始大幅度消退,夜色很快来临。当我们来到最空旷的公共广场,周围的人群却很稀少,只有星星在夜空下仍一如既往地闪耀,照亮了天幕的黑暗、天空的美丽和未知的宇宙。

"人都逃到哪里去了?"我东张西望,"平日里都去挣财富值,可惜毁灭一旦来临,顷刻一无所有。"

我们等待在附近的环形立交桥的旁边,希望人群越来越聚集。大雁飞过后,有块石板掉落下来,"哐当"一声砸在美美的头上,石灰在我眼前飘。

血顺着她的额角流下来,很像明媚的花朵。

"这一定是最后一次看见日落了。"她斜靠在我的肩上,看着环形立交桥问,"我们是从哪里来的?"

"信息广场。"

"我为什么会遇见你?"她睁着几乎要合上的沉重的眼皮问。

"因为时间啊,在某个时间,我在你触手可及的地方。"

"哦,我们都是时间的人质。从生到死,这中间的距离,就是欲望吧!"她清醒过来,仿佛看见信息广场的真相。

看样子,好像还没明白活着是为了什么,只是经历了一场短暂的幻觉,就要接受死亡。

"你说得没错,我们都是时间的人质。从理想到现实,这中间的距离,就是人生!"我想到仙后。此刻,我仿佛只是宇宙间的一条虫子,趴在烂了的柱子上。

"你还好吧?"当我再一次问她时,已经听不到她的声音了。天色越来越黯淡了,她的呼吸也越发微弱了。我仍一直抱着她,不管她活着还是死去,这能缓解我的寂寞。

但是，没想到对于我，最惨的事情才刚刚到来。

由于地壳运动，我所在的地面出现了一道巨大的裂口，很快，我的大半个身子就这样被卡在了地球裂缝中，只露出头部在外面，如果现在过来一辆大卡车，我肯定瞬间没命。我可不要只剩脖子以下的部分。

"我再也不相信，新闻里的地震和自己没有关系。什么梦想都滚蛋吧，活命才是比一切都重要的！"我听见心里那种奇怪的声音在说，虽然我未必喜欢它，但它说的都是事实。

我使劲地扭动着，但无济于事，只能看见眼前的蚂蚁爬来爬去，比我还惊慌，大概它们也在着急地大迁徙。这个时候，它们的身躯从未有过的巨大，因为距离我的眼睛实在是太近了，有时就像要从我的眼睫毛上爬过。如果美美还活着，可以帮我一下，将我从这活死人坑里拖出来，但是，只剩我一个人，叫天不应。

这个时候，我只能想，为了活下去，我需要什么？而不是，我活着是为了要什么。这是多么不一样的生命意识，就像动物和人的差别！

余震未消，我等到天黑，趁身边石板似有松动时，爬了出来。

我仰头看，那些平时威风凛凛的高楼都坍塌了，城市在夕阳西下后渐渐被黑暗淹没，过去是不是一个大循环的终结，稳定的工业秩序随着高速发展终于崩溃成废墟，而未来，会是什么新的文明等着我们呢？

末日到来的情境，就好像我做过很多次的梦！

天黑了，我仿佛是死寂的城市里的唯一幸存者。我很想回到信息广场的抽屉前，它非常宽广，通向文明的每个角落。我想从那个宽广无边的深藏世界文明的档案盒子里发现更多的秘密，寻觅我们真正的幸福到底是什么。

毕竟，那看似黑暗的宇宙创造了我们，而我们这些有别于蚂蚱的人，却总在寻找光明。从信息广场来的人，内心有一种蛰伏的声音，希望文明更深地进化。

对于宇宙，我们还了解得太少，它看上去没有边界，没有时间，没有过去、现在、未来，唯一存在的可能是，它的内在能量驱使它变动。

黑暗宇宙中，我仿佛看到 W 形星座群的星光，如果我们这个星球毁灭了，我想去往仙后星座，就像在夜里行进，总想找到一角的光明。

我跟着星光跑了一段，但肯定是追不上的。我不知道自己在追逐什么，就像一个小孩在跟着风筝跑，好像总是有目标，但却迷失方向。

"嗨！"有个很轻的声音呼唤我。轻飘飘的，很像宇宙中的一阵风。我回过头一看，几乎屏住气息。

仙后的声音像箭矢一样，让迷茫的我找到确定的感觉。她是我的梦想。没错，当我和我的梦想感应越强烈，我越能触动心灵最深藏的能量，也就越能接近她。

我遗憾地对她说："我的朋友消失了，也许去了另一个时空吧……我向你许过很多愿望，但是所有的愿望好像都落空了。这使我更加脆弱。同样也感到，我们的星球也如此脆弱，任何一次灾难，都能将我们置于死亡的风险中。"

无可否认，我一直都是如此迷恋"她"，就像生命的力量一直被她紧紧抓住。她在我的记忆和幻想中始终长盛不衰，像理想一样抽象。

"我一无所有。我在信息广场得到的只有更深的困惑,就像有人为我打开一扇门,我进去,擦干数世纪的灰尘,却只是看到历史像玻璃一样,照见人类的文明混乱和迷失。"我凝视着这个曾给我承诺的女神说,时间让她成为沉淀在我内心的生命意识。

"你知道仙后星座群的 W 形状是什么意思吗?"她的眼神像要揭开宇宙的某个谜底。

"是 wish 的缩写,是吗?愿望?"我刚出口,就意识到自己可能错了,宇宙的神秘真相怎么可能和某个词语有关呢。"我不知道是什么意思,但那是我看得见的光亮。难道是手掌?老实说,这是不是暗示我,一切希望都要靠自己的手来抓住?"

我的自我意识好像在觉醒,开始一点点感到内心的自由,不再把自己看成时间管理下的被动活着的机械状态的人。

"有时候,希望也只是空气,来去无踪影。"我好像听见心里那个奇怪的声音又在说。

我在游戏进程中见到的各种幻觉,就像是意识的幻影,宇宙就像是个思想盒,一切时间、空间上的东西都只是些概念的东西,宇宙本来没有这些概念,是我们人类的意识为宇宙阐释出这些概念,所以,意识其实竟是比时间、空间更重要的维度!

U 机器纪元的冷酷现实

我想知道,怎么拯救未来?在游戏里,除了到日常时空解决这个问题,没有别的途径,因为现实是未来之母,模拟现实的游戏环境能融入游戏者的思想意识或生命经验。

我的公司是城市文明的一部分,它总是让人感到窒息、机械和缺乏尊重的等级关系,某种不自由并没有被各种现代化的设备掩盖。

今天照常开例会。

"'死亡星球'的游戏进行到哪里了?"上司拧紧额头问。正如我意识到的,所谓的领导就是"时间管理者",我们累死累活,他们只负责制定流程,规定工作的时间和控制进度,他们挥动着时间指挥你。作为"时间管理者",最大的敌人,恐怕就是时间中的不确定因素;最讨厌的,也是没有时间观念的人。

"呃,我们的星球会终结于工业文明……水、空气、环境的破坏,都可能将它变成死亡星球……城市文明会遭遇黑色周期,就像经济危机一样。"我没有危言耸听,"我们不需要一个不再适合生命生存的星球!但我们需要传递意识的正面能量而不是负面能量,要让人们知道,人需要做什么,才能让我们的星球更适合生存呢!"

"没错,人类处在世界高速发展的通道,并不是要地球毁灭!"上司终于认可我的想法,就好像统治集团和被统治集团,只会在这个问题上不谋而合。

"这是当然,我们面对的是新的纪元——机器纪元或电脑纪元,它们脱胎于工业文明,但是比工业文明更先进一步,人们和机器的关系,不再类似于农民和镰刀的关系,而是人和智能刀的关系,机器被人创造出更高的智能,和人类一起构建世界的新的奇观!"在我眼里,电脑是高智能机器,它构建的庞大无边、错综复杂的数据,就是信息广场,"我们现今生活在和以前大不一样的信息时代。在信息广场,我们能听到任何人的声音,任何人的自由发言,人类沟通极为方便,超越了时间、空间的阻隔,这是电脑纪元最伟大的进步。在这个开放体系中,人们能一起探讨地球未来的命运,比如说面对环境日益遭到破坏,如何整治星球……防止一切可能导致死亡星球的危害……"

"别说和生活无关的东西。人们不想要关心死亡和环境,人们想要的是'完美恋人',是让我们开心的东西!"我的项目领导挤眉弄眼,仍希望放弃"死亡星球"的游戏。

"'完美恋人'来了!"我用按钮朝着空中发了个信号,办公室的玻璃门打开,仙后穿着时装从门外进来,她的容颜和我设计的完美恋人一模一样。

整个办公室的人都惊呆了。尤其是我的项目领导,这时不自觉地从凳子上站起来。

"她是谁?"

"那个图像就是她啊,真人在眼前,你不认识了吗?"我故作漫不经心地说。

她真是无可挑剔的美女机器人,网罗了一切美人的优点。

"Perfect,人如其画啊!可她到底是谁?"他感到不可思议。

"一个机器人模特。我向机器人工厂定制的……"我停顿了一下,提醒他们,人类已经到了机器时代。

"机器人?她能思考吗?有感情吗?"他显然对智能机器人有太多质疑。

"当然可能。她只要掌握我们的生活方式,也可以去工作,去生活,去调情。看看我们,日复一日,不也是机械地工作、机械地生活,在完成机械的情感模式。"我看到了人和高级智能机器之间的相似性。

"很有意思,这种机器人除了没有人的自主意识,也能做人的事。"上司带头拍掌。

"但人也常常没有自主意识,并不自由。"我意有所指。

"你是说,人还可能不如机器?"他颇为怀疑。

"应该是人的世界会更加依赖机器。在未来时间段,世界将有可能是电脑的世界。这很可怕,不仅仅是工作,人的一切生活,包括饮食、起居、教育、出行,全都离不开电脑。世界的机械化程度更高,我们只需要按钮,就能获得各种服务。"

我解释了一下,继续说:

"在电脑纪元,我们轻而易举就可以进入信息广场。早些时间,科幻小说家们预言人类会成为机器人的奴隶,如今人们已经成了电脑的奴隶,必须通过它来工作。当然,人类的生活方式,也会影响到世界上其他生物。说到底,人类统治着这个星球,也许习惯改变之后,人类可能都去养电子宠物。任何事情都有利有弊,世界也会存在另一种风险,一旦完全靠电脑操纵杀人机器,倘若失控,那将比一切战役还要可怕。"

"确实可怕!"上司点头,转而又摇头,"但每天都有车祸,那我们不用出门了嘛。"

我继续说:"未来世界必将缩小成网络的世界,同时也会扩大,走向星际文明和宇宙文明。按事物发展的原则,人类必定会成长为宇宙公民,终有一天会开发出适合他们生存的外星球,只要人类自身尚未毁灭,这个目标就一定能实现……"

开完会,大家都围观女机器人。她的身段比例极其完美,只是冷若冰霜,不搭理人。

"真是女神啊,她叫什么名字?"有人问。

"仙后。"我代替她回答。她本来就是按照我心中的女神形象设计的。

"她为什么不说话,是不是脑袋空空如也,像木偶?"她们的嘲笑中含着嫉妒。

"对,和你们一样,脑袋空空如木偶,不在乎自由或自主。"我讽刺地说。很多人和机器一样,也只不过是工作或各种物质的奴隶,安于接受被指示。

"哼,到底只是机器人,她会懂得自由和自主?懂了以后能如何呢?"她们不服气。

"懂了以后更看重自尊,并思考自己存在的价值。"我把话锋转到自己真实的想法。

"哥们儿,很佩服你哦!"有个男同事过来拍着我的肩,"看把你头儿气的,你不早跟他说什么完美恋人是你的女朋友,害得他被上司骂!"

"他也从来不'早'跟我说什么,他忘记了我的自尊,我没有理由记得他的。"我不客气地说。

"说得对!领导们一向忘记别人的自尊。"他们颇有同感。

我这个经常被忽视的工仔,竟然借由一个女机器人,重新获得"自尊",这让我不由得重新思考机器对于人类的意义。毫无疑问,我们置身于机器文明的时代,相比之下,人和机器的真实差异到底是什么呢?

下班后,我带着她去逛超市,她很随和,对一切既不好奇也不淡漠,但是她太引人注目了,也使我享受到从未有过的被人注目的感觉。看见周围人来人往的街道,我感到很满足:"活着真好啊,有吃有喝,还有美女陪伴。"

难道这就是仙后答应我的另一个愿望!

"你为什么总是走在我的左边?"她问。

"呵呵,我习惯了,只要跟女人走在一起,我总是走在她的左边,好像从来没变过,到右边我就不习惯。"我猜想大概是因为右手想用来牵女人的手吧,也有可能是右手习惯性地去摸鼠标或键盘。

"人类,对他们而言,习惯的力量真大!"她一语中的。

女机器人仅拥有简单的语言能力、思维能力和判断能力。让她和我发生爱情,不能说毫无障碍,但是我们可以对话,除了对话之外,就只剩下相处,离我想象的爱情始终有点距离。难道她不是合乎我心灵影像的吗?当然是,但是艺术家不会和他创作的音乐或绘画发生爱情吧!她只是我的意识投射的完美形象,缺少由于互动产生的爱情的感觉。

很快,我接到办公室领导的电话,得知自己被开除了,意料之外。那家伙忍了我一天,没有在上班时就开除我,也许只是为了要保住他的面子,不能让别人笑他小肚鸡肠。难道因为女机器人的出场吗?哦,真糟糕,从天堂掉到地狱的感觉,对于我,没有什么比毫无尊严地突然失去工作更可怕,失业会让人缺乏安全感。人为什么会成为工作机器,是因为习惯,还是恐惧和害怕失去工作呢!

习惯真的控制着人吗?这就是文明形成的滥觞?

但我仍不会放弃"死亡星球"的游戏,习惯让我不能轻易放弃它。电脑纪元的到来,它构建的信息广场包括了所有人的档案信息,形成巨大无边的网络。所有的地球人都成了信息人,我们都能进入"死亡星球"游戏中的信息广场,探询世界文明的奥秘。

游戏中能体验不同职业,譬如,我一会儿是个股票交易者,一会儿是个上市公司的管理者,后来成了银行家,这些角色像扑克牌一样变幻,当我成了一个很有钱但很老的人,尽管富有,却老得走不动了……

谁是宇宙世界的最高统帅?我们的命运到底由什么支配?

"你整天沉迷于电脑游戏,游戏和现实不分了。"我的机器人女友抱怨。

"真的很惭愧,没有时间陪你。"到了电脑时代,我习惯了面对屏幕。

"电脑重要还是我重要?"她像一个正常的女子吃醋。

两者对我而言,无法比较。"呃,电脑对我来说只是一种工具,当然你重要啊。"

"我只是你生活中可有可无的,而它才能控制你的生活。"她如实地说。

对于我这样的屏幕控，电脑的确成为我生活中最重要的部分，它控制了我。大多时候，当我习惯和屏幕交流，我身边的人也大多如此。我们陷入这种习惯性的生活方式中。

习惯阻止我们"进化"，阻止我们去改变损害这个星球的生活方式。这就是真相？我们受到习惯支配的话，那习惯又是受到什么支配呢？

就这样，我和她相处短暂一段时间后，就了然无味。她在我的房间里，和家具、衣服没太大差别，很快就成了机器摆设。进程一帆风顺、我完全体会不到挫折感的爱情，到最后只剩"相处"的感觉，而不是爱情的感觉呢！

Ⅴ 人类是受到自我意识支配的生物

奇怪，当我再去上班时，被开除的事，好像并没有发生。难道领导改变主意，认为我是好员工？

根据信息广场的数据库一样庞大的档案信息，我这样的"好员工"通过不断展现积极的价值，升职成为领导，工薪也往上涨，野心也更大，再继续升职，头衔越来越高，最后如愿以偿成为绝对控股的董事长，当我大腹便便地坐在沙发椅上，公司面对不可预测的股市动荡，我毫无办法，濒临绝境……

这好像不是我想要的人生。

为什么没有人来宣布开除我？当我看见信息广场反馈给"我"的人生图像，我一刻也不愿装模作样地去做好员工。

我打听后，才知道领导家里出事，母亲出了车祸。我原本对他不满，可是得知他发生了不幸的事，却仍替他难过。公司成员不知道我被开除，让我代表他们，给领导带去一些慰问金。我赶紧拿着现金，开着公司的车，去往他母亲所在的医院。

路上却碰见劫匪，手伸进车窗，用枪指着我："你必须听命于我们！"

"什么？我不懂，那我以前是听命于谁？"我用探讨哲学的口气问。

"你听命于你自己！因为是你在告诉你自己怎么做！"他们的回答像电流触击我的思考。

"我听命于我自己？我还是不懂！坦白讲，我自己常常并不知道下一秒该怎么做啊！"我说。

我没有装糊涂。当他们询问我时，那一瞬间，我竟像是陷入真诚的思考中。世界上是有某种声音在指示我，那是我的生命意识。它在宇宙中属于第五维度。它会在任何事件上作出判断，然后悄悄指示我的大脑，继而指导我的行动。我爆发的能量，正是经由这条路径生长出来的。

"你必须跟从我们的指令！"劫匪像是程序中的黑客扰乱我的计划。

"告诉我，你们为什么有权支配我？"我一脸迷惑地看着他们。

如果他们能解决我的这个问题，我的人生的迷茫就清楚了。

我们的视线毋宁说是对峙，不如说是沟通和交流。这让我相信，世界上人和人之间最伟大的事情，不是爱情或者友情，而是沟通，以达到了解。

当片刻的沉静之后，我说："我要去救人！这些钱是用来救人的！"

"也许人已经死了，你去了也是白去。"他们一边吓阻，一边趁我注意力分散钻入我的车子中。

"我还是不明白，我为什么必须要听命于你们！就算我不去救人，就算我没有别的目的，我甚至可以不在乎自己的生命，我也不想毫无尊严地听从别人使唤。"

我不管他们是谁，突然一刹那间，我内心膨胀着要听从自我的能量。

即便生命被威胁……

金黄色的阳光穿透玻璃温柔地俯视着我的脸，这时我想，我确信找到了宇宙那无尽黑暗中的光明：我感觉到，我存在——作为一个生命存在。我一辈子想要拥有的不是多少金钱或名誉，而是从容地做自己的生命经验。

"你要救的那个人是谁？他和你有什么关系？"他们终于屈从了我的意志。

"我领导的母亲！"

"这是一种奇怪的关系。你会关心和你毫不相关的人，你真是了不起的人！"他们的赞誉超过了我的付出。

我再次强调道："我不服从任何人，宇宙只有一种力量让我服从，那就是生命本身的力量。我只可能服从它！"

没想到我的话也让他们获得领悟。他们本打算要抢劫，却受到我说的"生命本身的力量"的触动和鼓舞。

当我到达医院，我看见领导和一个身材很性感的美女从医院出来。我总是想象领导身边有这样一位女子存在，啊，果然，不出意外！我总是想象拥有他所拥有的。可能我内心中有一种妒火。

"回办公室去。我母亲没事，只是被经过的车吓晕了。"他要上车，却被我拒绝。

"这位美女？谁呢？不……像是你的老婆。"我指着他身边那位美女。

"问那么多干什么,这不关你的事。"他不耐烦地说。

我本来犹豫,慰问金的事要不要告诉他,此刻体内偏有股叛逆的能量要冲出去。

"哦,抱歉,我要去慈善机构捐款,不能送你们!"

我开着车扬长而去。

"如果给你炸弹,让这个城市毁灭,你愿意做吗?"车内劫匪又开始滔滔不绝教唆,"到处都充斥着拜金主义和庸俗的男女关系。我们要重新找回一丝芬芳和清新……"

"没错。人,才是城市的根基和灵魂。一旦变得庸俗,文明也就走向没落了。"我叹息,地震不可怕,人的精神意识才会导致城市的堕落。

"你们是真的想要抢劫吗?"我问他们,"你们一定是别人正在睡觉时睁着眼睛的人。"

"没错,我们是帮你们进化的。"劫匪们扬扬得意,"我们只是需要钱,但是你们不仅需要钱,还需要撒谎。"

我点头,若有所悟。

是的,如果人类文明放弃了进化,我们的地球就会成为真正的"死亡星球"!

W 成为新宇宙人的努力

显而易见，人类是非理性的生物，相比之下，电脑这种超人类物种才拥有绝对的理性。现在，既然它能影响我们的生活方式，又能管理我们的一切信息，它越来越能影响人们的意识。在电脑纪元到来后，游戏越来越凸显出这种趋势。

这个逐渐有最强智能的"超级电脑"的价值注定超过了世界上最优秀的公司。它将控制人类的习性，人类会迈入精神上而非物理上的新纪元，不会被虚荣、傲慢、狭隘、爱撒谎、贪财等这些意识控制着，所有人都会觉醒。

在游戏程序中，当"我"派出一只电子狗去接触每个人，人们对一只陌生的狗的态度，便能测出他们的善恶。譬如，小女孩会友好地去拍它的头，她们是善良的群体；另一些人释放恶意，对它凶巴巴的；还有一些人对于它的靠近很冷漠，眼中根本没有其他生命的存在，其他人在他们眼里也和狗一样……每个人拥有不同的"抽屉"，信息广场里藏着人性的秘密。

一旦超级电脑控制人类,这个星球的善和恶就会随之消失,人只拥有理性,他们的思维朝着更文明的方向演进!

随着地球的可再生能源越来越匮乏,工业文明的末日症候已经显现,乔治成立协会要带领人们去往星际。这个协会声称:

"宇宙很大,我们的视野不能仅限制在缺少可再生能源的地球上,否则一定会弹尽粮绝,自食苦果。只要动用能往返于星际的飞船或火箭,我们就可以在其他星球生存。我们要成为宇宙人!自由、安全的新宇宙人!"

协会的组织者乔治很有远见和眼光,倾其全部财富值,投资宇宙航空技术公司,成功地为人类打开面向太空的新的生命通道。这将是一件改变人类的命运的事情。当人类的生命越来越多地分布到其他星球,我们才不用担心像恐龙一样在地球上灭绝——仅仅是由于小行星撞击地球,而是有了更宽广的生存空间,能够在宇宙中生生不息。

去往星际,在其他星球上生存,也是我的梦想之一。自小以来就有的梦想。然后从其他星球望向我们亲爱的母星——地球,就像我们在地球上无数遍望向月亮一样。

幼年渴望乘坐火箭的感受又浮上心头。尤其是和很多人一起去往其他星球定居,这是无数人追求的梦。接近了,接近了,无限接近自己想接近的……我相信,宇宙新纪元的来临,我们的文明会发生变化。它的意义就像人类从传统农业社会走向现代工业社会,甚至比这种变化的意义更伟大。

这一次的梦想和以前不断去触摸的梦想都不一样,至少我终于可以不感到孤单了。我们所有人不再去追逐财富和荣耀,而是更开阔的生存空间。

　　我要寻求的答案……也就是活着的意义，好像非常清楚了。我拥有生存的权利，并至死捍卫这个自由生存的权利，我的唯一敌人是神秘莫测地来到的死亡，而不是贫穷或卑微。

　　我兴奋起来，告诉阿睿："我决定也加入去往外星球的组织。"

　　"不需要。我们有飞碟。"阿睿始终对乔治这样的人并不信任，"为什么一定是他带领我们去往太空呢？"

　　"他是超级电脑的控制系统指定的人。系统选定他，可能和他相信宇宙无一处不可到达的信念有关吧。不得不承认，他是个极具开拓力的天才。"

　　游戏中的超级电脑，必须通过系统指定的"关键人"去带领或控制另一些人，让人的思维完全按照它的思维方式运作。类似的关键人也曾出现在历史的长河中，根据信息广场档案数据。

　　"为什么被选中的是他，而不是我？我们同样都是信息人，应该机会均等。"阿睿不甘心地说，"我注定要平凡吗？为什么我不是天才？世界上为什么有些人就是注定要比别人突出呢？"

　　"总有一些人比别人特殊，就像从地球人的角度看天空，总会有一些星辰比较明亮，而更多的星辰是黯淡的。人们习惯性地崇拜强者，不是一下子能改变的。你如果想成为强者，就要有更宽广的视野，发挥更大的影响力，影响别人的意识。他们才会跟从你！"

　　说实话，我似乎也没有强者的气质，在他人眼里，我唯唯诺诺，连加薪都不敢提出，也害怕和领导对抗，不敢提出自己的意见，每天只知道加班，像我这样的人，难道不是对人类文明的贡献几乎可以忽略不计吗。

　　想想，我对于历史上那些伟大人物也会心理不平衡，当我不在世上后，几乎没有什么人记得我，哪怕是我的血缘宗亲。我不会存在于后来人的记忆中，只会沉睡在宇宙文明的档案里。信息广场啊，告诉我，生我为何？我不想与蚂蚁无异。

当我刚明白自由的生存权是如此重要，却又渴望更有"价值"的生存。原来，这才是我心底最深沉的迷惑。

"我们要去的那个星球是哪里呢？火星？天狼星？不知道在外星生存如何，有没有阳光，或水，还有社区？"阿睿对于能在另一个星球上生存有很多疑问。

"去往星际，是人们永恒的梦想。过去人们还相信月亮上有长生不老药呢。人类应该去实践，不要像农民一样，舍不得离开家乡！我们在地球上的能源越来越枯竭，必须要寻找其他星球，就当这是我们的工作一样，我们到达另一些星球后并能生存下来，才算是完成任务。能与不能做到，要看我们的思想。思想产生能量，我们的思想渴望什么，才能得到什么！"我无限憧憬。

阿睿既充满怀疑又期待。

"哈哈，如果我们能在其他星球上生存下来，成为银河系人或宇宙人，整个宇宙就会像更广泛的网络系统，相互关联。"我不无乐观地期待，"在这个过程中，人类会发生巨大变化。人的视野扩大，责任感增强，新文明产生。人人都是有人文意识和艺术家气质的理性的人，不愿意去做破坏世界万物的事。"

"如同猴子向人转变一样？"阿睿将信将疑。

"呃，也许会诞生新的人类物种。根据那些继承了古代占星术的人类生命学家说，人处在双鱼座世纪的末期，即将进入宝瓶座世纪。这意味着人类从神的世纪全面地走向人的世纪。我们不再迷信神的力量，而是相信人自身的力量。数千年来，双鱼座世纪的人重视血缘和宗族，因此,人类的发展都是基于个人或区域的利益,是狭隘的,短浅的,甚至是毁灭性的;不过到了宝瓶座世纪,未来的人类愈来愈趋向重视人类生存的共同利益,而这正是超级电脑的使命……"

我早就预感旧世纪要向新世纪过渡。我们要结束在地球上的生存,乘着太空飞船进入空中,无论周边的黑暗多么密布,那长尾巴的彗星多么绚烂和危险,我们的脚像踩在公共汽车上,手在黑夜里摸索,心情像在考试一样,将在宇宙更广大的地方,找到落脚之处。

X 自身的觉醒对人类是最重要的

在深蓝色的天空下，去往太空的组织者呈现好将要出发的飞船。它从外形看就像个朝天耸立的火箭，要穿越太空的阴霾，内部是公共广场和通道，挤满了勇于尝试的人。

去哪里？

我想去仙后星座。每个人对于宇宙中的某一处，都有神秘的心灵感应。我们的生命意识本来就很广阔，从有诗歌的时代开始，每当仰望星空，总在寻找某一处，只有找到的时候，才会真正地感到不孤单。

"去寻找你的梦中情人？"阿睿嘲笑我的想法，"你不是认识美女吗，虽然不一定完美，但是和你在同一个星球啊！嘿嘿，世界上完美的女神没有，除非你的幻想！"

"美女？"

"对，还很会撒娇。"

"她漂亮吗？"

"反正打扮一下，还是挺迷人的。"

"接近她有什么条件？"我笑问。

"成为她的人质。嘿嘿！当她生气时，你就会听从她；当她命令你时，你心甘情愿地跟她走；你说她是危险的，却仍然对她不离不弃。"他说的那个人，就像所有帅哥靓女的故事里都会有的美女角色，她们的存在，会吸引男人为了她征服世界，竞相拥有更多的财富和更大的权势。

"这是被迫的感觉，不是爱情吧？"我摇头，想起喜怒无常的美美，"她像烈酒一样，不能常喝。如果我跟她在一起，就必须接受她的生活方式。按照她那套贪慕多金、享受物质的观念生存，人类世界在达到工业文明的巅峰之后就会衰落，甚至灭亡。人被自己创造的工业游戏规则玩死！"

"那什么是爱情？"他反问。

我想到屏幕女神，感叹地说："呃，完美的幻想终究只是幻想，不过，爱情仍是心灵的图像……如果你心里没有出现谁的影像，你察觉不到对她的爱慕之情。你会觉得，她和你心里想得很不一样。你只有找到那个人，和心里那个图像重合，才知道那就是爱情。当然和你相爱的人，不是你幻想出的一种形象，而是一个生命，对你终极的吸引，是心灵上的。"

信息广场的声音一直带着我，去看到自己的心灵影像。

"所以，我当然要和他们一起去。我们很幸运地会成为地球文明变革的一分子。这是我梦寐以求的。我不是第一个上月球的人，但是我为梦想而活，并去实现自己的价值。我不是一直寻求这样的人生吗？"我确定自己是这么想后，不再打算改变主意。

"明白，就像别人叫我阿睿，我总在想他是谁。不了解我自己是谁，又怎么会爱人！我不懂爱情呢！"他吐了下舌头，"我的通讯录中，有姓名开头拼读从 A 到 Z 的女孩，但是我们之间也许没有爱情，因为她们还没有一直都在我的心里。通常都是，爱建构美好，厌烦和恨又把它摧毁。每次成长都要用痛置换！你听见我在说吗，快去找你的 W 星座吧……"

按照超级电脑的控制程序，乔治将利用人类发明的宇宙飞船去往外星球，从相似性看，宇宙飞船就是能携带生命的"诺亚方舟"。

我主动和那些要去往太空的协会的成员接触，为了吸引他们，自曝曾见到外星人，果然引起了他们关注，问我有没有遭到外星人的虐待，看来他们对去往外星球感到很恐惧，或者他们的星际梦想中，也包括碰到外星人。

"如果我们去其他星球，碰到野蛮原始、缺乏文明的外星人，怎么办？"他们问。

"其实去其他星球，就是到那里去开荒。"我的本意，是让他们不要对外星球的文明程度期待过高，但这样的真话，难免让他们失望。

"那里到底能不能生存？有水吗？"他们曾经从很多影像上看到外星球的景象，但仍然不相信那就是真的。

"我估计，基本上看不到春夏秋冬四季的景致，也吃不到水果，至于各种可爱有趣的动物，更是难得一见。看不见灯光，也没有绚丽的服饰。没有绿色的树，也没有玫瑰花，更没有酸甜可口的苹果啦……那就是一个个失去了色香味的空间。不过，时间横亘在我们播种和收获之间，一切慢慢来！"我安慰他们。

"在外星球上，时间会和地球有很大变化吗？根据相对论，我们到另一个星球后的寿命可能会有数百年，是吗？"人们的想法是多元的，有很多形形色色的奇怪的想法或疑虑，"哦，天堂的大门会打开吗？有谁会来接我们？别的星球的空气足够新鲜，能让人生存吗？……"

人们的意识构建了信息广场，仿佛就像一块巨大无边的方巾上面绣有很多花纹一样，它们组成无数复杂的思想的图案，这些图案也许压根儿就没有什么对错之分，它们以各自的形状存在着。信息广场中的人民，也只是历史河流中的细涓，他们并不知道人在宇宙中真正依靠的力量是什么，归宿是什么。

宇船上的人带足饮食供应，以便能度过一段从未经历过的时光。我也跟随在主船上，隐隐见到太阳系中的气团，像宇宙的脉息，那些像是它的心脏射出的光线，如扫描世间的仪器，似乎是在为了何时的审判做档案的储备。

有一瞬间，我恍惚看到 W 星座发亮，仙后居住其上，她的手上戴着时光戒指，发出永恒的闪耀的光，可惜我永远无法接近她。

我问她："你不是承诺我会有一个幸福人生吗？可是迄今为止，我仍然不知道怎么实现！"

"你有没有反思为什么没实现？"她亲切地问我。

我点头，"我总是期待拥有一切，像做白日梦一样。"

"当你明白自己为什么没有时，你便会拥有你想要的一切了。"她忽然就消失了，又化成 W 星座的形状。

我看着形似人的手掌的仙后座，顿时，仿佛明白了她给我的启示：幸福就是用手抓住的任何事物……不是吗？我们总是向往遥不可及的梦想，而看不到自己正拥有的，或者不去务实地掌握自己可以拥有的，而羡慕嫉妒别人所拥有的，结果当下的时间不断地流逝，我们却一直缺乏幸福感。

我打开自己的手掌看，又紧紧握成拳，然后又张开，又握拳，反复这种动作，内心好像强大了很多。让自己的人生价值最大化，是最能感动自己的梦想呢！人最重要的是自我完成度！

唉，人自身的觉醒，创造的幸福，才是天堂。第 100 世纪的人类也是这么想吧……

我好像知道了信息广场的奥秘，那些抽屉都是自我意识的反射，它和宇宙历史的发展合在一起，就成了我的生命的样子。所有的生命意识的合流，就构成了宇宙的灵魂。自有人类以来，人类的意识就是宇宙灵魂，因此，人的能量也是宇宙的能量，这也是宇宙的秘密之一。

很显然，那个庞大无边的信息广场，记录了我的每一次的思考，它提供给我的"心灵影像"，并不是真理的暗示或上帝的指引，而是我在世界中受到其他意识的影响，再传递回到我头脑中的幻象。这大概就是世界上一切人的意识形成的模式。

Y 每个人内心的真相就是宇宙的真相

我看着很多人都去往宇船的主舱,也跟过去,看见有人在对众人演讲。

所有的人都兴奋起来,甚至胜过了我。难道他们也发现了宇宙的奥秘?还是关于宇宙气象的实况直播?

这个宇宙飞船承载着形形色色服饰和肤色的人,他们是勇敢的人,自愿做太空的"探测器",不顾生死。他们把人类的灵魂带到比地球阔大得多的神秘宇宙中,形成更广大的信息广场。

每一个人都是急于探求未知的宇宙的"信息人"。

在广场的中心,出现一个演讲者,站在宇船内部公共广场的讲台上。他穿着古老悠久的服饰,戴着铜制的王冠,以那种我们在电影中才能见到的特殊的气场,出现在众人面前。他给他们讲人类文明史,侃侃而谈,从西方到东方,从历史到现代,很多人戴着备好的翻译机。这里没有火把,却既隐隐像古代祭祀时面向宇宙的广场,又像影像机前的表演场所。

但是我宁愿演讲的是外星人，我们星球上的精神革新，需要吸入来自宇宙的新的观念。

眼下这帮有着攀登珠穆朗玛峰一样探险精神的人，正听从演讲的人，要建立宇宙共和国。那个演讲的人仿佛有着上帝一般的开阔视野，朗朗动听地告诉人们：

"我们为何要建立宇宙共和国？你们看，宇宙中有太多我们无法确知的东西，关于我们地球的命运，以及这个星球上的人的命运，还有我们每个人的命运……我们似乎永远都不能确切知道。或许只是一次偶然的事件，我们就会魂飞魄散；一次彗星撞地球，我们的同类就会全部覆亡。我们都以为，宇宙中存在着天堂，就像我们总想象的那样，但是却无处觅芳踪。

"谁能知道宇宙中潜藏的秘密呢？它不像工程师砌成的房子，一览无余。也许我们永远无法知道它的答案。我们应该做工程师做的事情，就是建造宇宙共和国，共享在星球内外知道的一切的事情，这所有的信息总和起来，会让我们无限接近宇宙的真相。"

这很像超级电脑的"心声"，它不就是沟通和分享一切信息的公共空间？

乔治到底想做什么。看来他果然是超级电脑选择出来的人。过去人们的认识和追求都是基于个人、区域的利益之争，如今它要引导他们追求基于公共空间讨论的宇宙共识。

但他仍认为他们需要精神领袖，人们在宇宙中蹒跚前进，最渴望的就是有一股拧起来的力量，像不会轻易消散的气团一样。

"我们当初都愿意来到宇宙飞船上，因为相信地球会变成'死亡星球'，不再适合人居住。很多人说，下世纪也许我们人类就会灭亡，环境恶化会吞噬我们在地球上所有的努力和梦想。所以，我们要寻找很多新的居所，把人类分散开来，避免一亡俱亡。我们希望建立宇宙共和国，然后在星球之间形成邦联，但不希望听从谁的指挥，好像头顶上有个国王，又倒退回到'君主制'社会。"人群中总是有人产生叛逆的思想。

此人勇气可嘉，但是，超级电脑复杂的结构会像钳子一样，让所有人对它产生依赖——就像越来越多的人成为屏幕控，他们的思维越来越依赖超级电脑整合的信息，他们的生活方式也越来越受到这种信息管理和记录器的影响。

"从创世纪以来，就存在着首领。"乔治用无可争辩的口气，强大的责任感说，"我们要建造宇宙公共空间，如果没有管理者，它会自动生成吗？我们不是来太空旅游，而是要为长远打算，长到无数世纪，如果没有公共信息的平台，也许你们在宇宙中建立一个个族群后，最后各自生灭，人类的种子也没能延续后世！我们每个人都会从世界上消失，必须有人引领，才会让人类生命的火种生生不息……"

反而有更多的人产生叛逆的情绪："别用人类的末日来吓唬人。时代大势是走向公共空间的共享，如果让你管制我们，我们的文明岂不是倒退？我们来到星际，是怀着和平、平等和公正的目的，如果有人要借机成为首领，必定有其他人觊觎这个位置，这样就会引发战乱甚至杀戮，像无数世纪以来的人类那样，平等就是每个人通过自我管理，服从公正的法则而不是时时刻刻被监控。即便你的动机是高尚的，可是监管我们所有人的信息，会让我们像把自己的所有钱都放在一个公共口袋里。"

气氛很紧张。因为人类天性中有对他人的不信任。

我很担心哪一方突然掏出枪械等禁携带上宇船的用品。否则，如果宇航出现严重失控，我们所有的人都会变成"消失的人"。宇宙就是个巨大的竞争场所，当不同的思想相遇时，就会有的像鹰，有的像鸽子，展开激烈的搏斗。

"我不是要监管一切，那是旧纪元的特征。"乔治力图解除他们的忧心，"我们要创建的新纪元，是无所不能的高智能科技时代；我们要构建的是信息四通八达的宇宙，这非要依赖现代化的设备不可，怎么会文明倒退呢！只有秩序存在才会便于管理，如果你们不遵守秩序，我们的飞船可能会爆炸……"

所有的人脸都变色，就像待在要出事故的飞机上一样。"天啊，爆炸？我们离开地球，是为了寻找更安全的生存的地方啊！"人们不满听到恐吓。

显而易见，人们的想法还限制在生死层面，而不是追询宇宙的奥义。他们在地球上感到恐惧，害怕它变成"死亡星球"，但死亡却会跟随他们到宇宙的任何角落。透过这些人的声音，我看清人们最重视的需求还是生存本身。

"我们每个人内心的真相，就是宇宙的真相。"我被所知道的信息广场的秘密驱使出来说，"如果放弃了自我，即便科技再发达，人也不过是科技的奴隶，内心还是空虚。我们的思想一直在构建信息广场，但千万不要以为天堂或地狱在别处，它就在我们的思想里……在宇宙中，很难找到一个地方完美无缺。看看我们对地球做了什么？地球是目前最适合人类居住的地方，尚且被我们像吸血鬼一样，吸干它所提供给人类的资源。去多种一棵树，地球就可能变成天堂，去破坏一棵树，地球就可能变成地狱，天堂还是地狱，都和我们对地球做了什么有关呢！"

明明我也是对移民宇宙的其他星球感兴趣,但还是无法抑制对地球的不舍。

科学家们也感到某种说不出的恐惧和迷惑,"哦,科技越来越强大,高级智能的功力愈加惊艳,它们越来越能掌握世界,而我们是世界的一部分……"

"有什么可烦恼,超级电脑也不过是个高智能盒子……"人类中那些不受威胁的声音说。

"可是,它在不断吸收我们人的意识,不断吸收人类各行各业的最优秀的文明成果。它构建的信息广场,记录和管理人的意识,无论从宽度、深度都在无限接近宇宙中人类意识的河流。它很可怕,就是可怕在它越来越是世界上最伟大的档案管理器。"科学家们眼里的信息广场和我不谋而合。

听了科学家的话,我感到超级电脑越来越像生物,监管着人类的意识。

"比世界上的一切图书馆还要伟大!"那些出类拔萃的学者又补充道,"是最强大脑!"

我身上流汗。这些聪明人的见识,都在证明这种特殊设计的脑盒子有着非凡的吸收力。人类的思想,是人类能量的重大源泉。这意味着,脑盒子越来越装载更多的人类能量。那它的"爆发力"岂不是不可想象!

在过长时间对峙之后,乔治按动了警报钮。宇船上亮起了黄灯,发出故障的声音,很像是未来战争的形态——仅仅通过按钮,就能发起攻势,比如说是核战争或机器战争。

我不知道会发生什么情形,有一股思想的电流经由脑海,对自己说:原来所谓恐惧,是对未知的害怕!

我注视着不安的人群说:"一切人类的恐惧,都是对未知的事的害怕。毫无疑问,我们需要精神领袖,但不是像小孩听从大人一样,完全依赖或服从他的指令。我们要建立一个和平的宇宙共和国,一定是自由、平等、没有任何限制、也不服从或膜拜任何人的共和国。"

"但我们不能失去秩序。罗马帝国是怎么毁灭的?玛雅是怎么毁灭的?都是在发展最鼎盛的时候,失去了秩序,结果自我毁灭!所以,我们要阻止人类自我毁灭,就要尽一切努力建立高效合理的秩序。否则,我们的毁灭也许就在不远的未来。"乔治用文明的毁灭恐吓众人,他又表明,要建立新的秩序的动力的确源于高智能机器。

"依附于高科技的智能,就能得到拯救吗?"科学家质疑道。

"它能带领我们建构有史以来最伟大的文明。"乔治非常自信,振振有词地说,"我们是信息社会的人民,我们所有人都是'信息人',无论到哪里,我们的统治者就是信息管理器,我们仰赖它建构我们的知识,互相沟通。所以,由它维持秩序,我们就可从旧地球人的特质——狭隘的经验中走出来了!"

我偷眼看外面的世界,飞船还在太空中漫游,毫无目的。

"这种信息管理器,是自创世纪就有吗?在没有它之前,我们曾经存在了很久。"那些精神自由的人无不担心地说,"如果我们活在它的世界里,直至终老,会失去自我。"

"但是,如果离开它,我们就会像是远离了世界,远离了公共空间的信息的分享。"乔治再次强调,"它在统治着世界,我们已经习惯它在我们的世界里扮演非常重要的角色。"

他说得没错。我跨越物种,对屏幕上的女神异常迷恋。无论何时,她都会占据我的想象,让我变成愿意被她抚摸的小孩;她进入我的记忆之中，并不断跟随我的意识前进；她似乎是我渴望耗尽一生去寻找的幸福。但最后发现，她不过是我过度思考产生的皱纹。我越是渴求，思考得越多，随着生命进程也越苍老，直到消失，生命不复存在。

看来到了机器纪元或电脑纪元，超级电脑取代时间，要成为我们人类世界的管理者。

警报器继续响着。

由于按钮的程序指令仍存在，超级电脑对人类的控制变本加厉，仿佛在接连不断地暗示："你们需要拯救世界的超级英雄！"

"我们没有超级英雄，历史上所有的超级英雄都是夸张杜撰的，每个人都流着凡人的血。"我大声说，但声音被淹没在众说纷纭中。乔治这种自我神化的人的存在告诉我，我们在旧纪元的特征还是太依赖某个外在精神偶像，而不是内心的力量。

乔治和他的助手交流了一会儿，对众人说出超级电脑预想的最糟糕的情形："我们玩一个游戏，让你们所有人去服从自己的意志，只会争吵不休，为了各自的立场和利益，这艘飞船一定会在太阳系中爆炸或沉没。你们这些信息广场的人民，不知道宇宙有多少黑洞吗……"

的确如此，人，数千年以来干的最多的事情，就是不断扩张自己的意志，在历史潮流中掀起了无数波澜，战争、贪婪、凶杀、损害环境……不惜以我们原本安身立命的星球变成"死亡星球"为代价。意识是世界的第五维度，显然对于世界的进程是双刃剑，既给它带来革新和动力，也带来恶性循环。

"不管什么黑洞，我们为什么还无法到达另一个星球？我们要打退堂鼓吗?"大多数人只关心自己的现实利益,"我们交了申请费的,如果不能达成目的,这些财产要交还给我们!本来我们担心将它放在银行中会遭遇泡沫经济,但将它投资到这个未知的'死亡行程'会更加危险啊!"

这个飞船上有一种世界末日的气氛,像是神在编造死亡名单。

人们感到他们在星球上担心和畏惧的事情就要重演,比如人和人之间不是平等公正的,而是存在某种等级;人们的利益要交给特殊的外界势力保护,而不是经由他们自己;人们寻求独立自由,但是特殊的势力借着夸大威胁来扩张自己的意志。

这都使他们感到再度受到"地球文明"的威胁。看这情形,人们离开旧的安身立命的星球,渴望建立的新的文明,是想要不受任何威胁。

我注视着众人,再晚一点,乔治没准就要被他们的怒火杀死。整个飞船充满了生命的活力。人们想狂热地超越一切限制,渴望作为平等的人被对待。人们像睡醒了一样地发现,如果没有平等,就会被恐吓,就不会有真正的和平。信息广场里人类历史上的一切大小战争乃至世界大战,除了和资源的争夺有关,还根源于民族、种族或国家不被平等地看待。哪怕到了全球化时代,各种不平等的观念仍潜藏在人性基因中。

最终,在绝大多数人的恐惧的声音中,我们乘着宇宙飞船,绕了一圈,又回到地面。谁也不愿意它爆炸。当回到我们的星球,乔治就被送到监狱,因为人们纷纷举报遭到他欺骗。这个殖民者的意识,代表了人类的野蛮进化论,总是不断想在宇宙中拓展自己的势力,但也终究会因为疯狂而受到惩罚。

我这个理想主义者,从小梦想的去往其他星球的愿望,也在快要到达时,被人类巴别塔一样的争执给熄灭了。人类没有解决利益纷争的问题之前,是无法促成文明更深远的进步。

但是,可怕的事情仍在继续发生。探测其他星球的运动,导致科技更广泛的运用,使得超级电脑提升智能,越来越强势。

随着人和机器的生命特征愈来愈契合,每个信息人更加强烈受到这种电动控制器的影响,乃至无法自拔。

这奇怪的控制器毫无疑问在改写我们的文明。我们的书写,我们的表白都通向它,然后经由电流传递到另一个地方。

它必定不断知道更多人类的秘密……我很想知道我到底有没有随着更深久的工业化变成"机械人"。我的爱情也成了谜,例如我无法对近在咫尺的年轻女人感兴趣,却对屏幕女神产生一种深受诱惑的情结,自觉接受她的引导,并没有办法转移这种情感。

直到最恐怖的事情发生,游戏程序将我的头脑置换成电脑。

我站起来,东摇西晃,极像是我整天沉迷于电脑这种智能机器,终于和它融为一体了。头顶上的影像机,就像我在信息广场看到的抽屉一样,传递着我的"心灵影像",包括我的各种梦境、记忆和想象。

我能看见自己从有记忆以来的种种意识,很令人惊诧,我曾经有想变成女性的念头,在我还是男孩子时,我想成为一个美丽的女人,那或许是因为我对那种有吸引力的角色感兴趣。我也惊讶地发现,不是人人都有变成超级英雄的梦想吗?那我的梦想呢?

我的大脑里出现各种变幻的意识,以及它们输出的信号。我能借由屏幕看到外星人对我们这个星球的窥伺,他们注意到我们都身处于网络系统中。那些外星人都穿着坚硬的炮筒状的外壳,和我们之前见过的蜘蛛外星人不太一样——后者只是不停地编写宇宙信息,而他们在用空间定位系统瞄准我们,很多星际导弹向地球发射过来,不过在中途都像陨石一样坠落了。

"如果有朝一日,这些远程星际导弹真的落到了地球上,那将是我们这个星球的末日浩劫……"我不敢想象。

我们地球人凭什么就"自信"只有我们自己才能发明导弹呢?外星人即便自己不会发明,也大概通晓模拟工程技术,用我们的"知识"对付我们,试验一下炮弹是不是真的有人类"自信"得那么强大。地球人不是一贯相信能用它护守疆域,平衡国际关系,甚至维护世界和平吗?

我顶着电脑壳离开自己的房间,尽管很担心会吓到外人,但是把观察到的外星人的举动报告给联合国,显然更为重要。目前,我的"脑意识"激烈震荡,具有强烈的危机感。

令我惊讶的是,包括我在内的所有地球人的脑袋,都换成了电脑,我们之间的信息沟通不再使用嘴,而是使用网络。

不可否认,网络时代是人类的"新纪元"。全球网络化进程不断加快后,我们由于过度依赖电脑这种机械体,人脑被电脑吞并,成了未来世界的趋势。地球上的人全变成了信息人,他们的思维都通往信息广场。当我和其他信息人对视时,像是"心有灵犀"。他们和我共享了外星人在对地球试发星际导弹的信息。

我们的脑屏幕中闪现出联合国召开应对外太空星际导弹的会议的视频,从他们在公共空间讨论的共识来看,必须要阻止星际导弹向地球发射,否则即便导弹爆炸的壳散落在住人区,也会毁伤大片人畜的性命。

"到底是截阻星际导弹,还是化干戈为玉帛?"这是态度最为分歧的地方。联合国安全委员会发言人的大脑也是电脑,看来超级电脑控制人类的计划已经实现。

虽然信息人各有主张,但是,他们更为理性,都回归到建立和平的宇宙共和国的路线,以终止异星生命互相试探或挑衅的行为。

"我们必须向天空派出和平使者!"发言人声称。

"好!""好!""好!"尽管几乎所有信息人都同意,但都奇怪:"那是谁呢?"

程序在自动选择,屏幕上出现了所有在世的信息人的名单。我希望是阿睿,但程序却跳过了他,可能是怕他经验不足面对外星人时,无法有效传达我们的主张。程序又跳过了美美,她过于神经质地迷恋金钱,对于星际纷争的调和也不大感兴趣。还有很多带着博士或教授头衔的高级知识分子,他们只有书本知识,也没有被程序选中。

老实说,我觉得派出谁都是一样的,因为解决方案最终取决于所有信息人的共识。要说最有可能和外星人打交道的是宇航员,可是,他们来自不同国家,代表不同国家的宇航员为了给本国增加荣誉,都争嚷着要成为被派去和外星人谈判的和平使者,在这种吵闹不休中,没有谁被选中。

我的电脑又强烈地震动起来,屏幕上显示我的信息。

我再次被吓到。

"为什么是我?"我本能地抗拒。我一直认为自己是个平凡的人,没有想做英雄。但是,当发现我被选择,我真切地感受到责任。

或许是我在游戏中储存了最多的去往星际的经验值,打败了其他信息人。可是怎么和外星人谈判?我对此毫无经验,并且不习惯抛头露面。

我通过感应器和宇宙电波,与炮筒外星人进行视频对话。

"你们的星球美吗?"我客气地打招呼。

"……"没有回复。

我的语音转译过去,不知道他们收到了没有。

"你们的星际导弹如果'掉落'到我们的星球上,就可能是我们的世界末日。"我委婉地说,又加强语气,"没有可能,一定会是!"

"世界末日……"我很担心是我的回声传来,但还是有细微的差别,那个声音继续对我说,"那什么时候是宇宙的末日?"

"宇宙的终结?我不是爱因斯坦,无法回答啊。"我感到很窘迫。

"谁是爱因斯坦?"那个声音问道。他们的空间定位系统继续在瞄准,"他能预言宇宙的末日吗?"

"他是这个星球上最聪明的人。"我的说法并不准确,只是为了搪塞他们。

"他的脑肯定对我们有用,一定要搞清楚他的脑。"

我担心外星人搞不好会到地球上来掘墓或侦察,于是立即告诉他们:"可是现在电脑代替了人脑。"

"电脑是什么?"

"就是我和你们之间的交流器。"

我头上的电脑便激烈震荡起来,也许是因为炮筒外星人在远程检测它,我抱住头,感到有点晃,不知道我头上这玩意儿在他们眼里是不是神器。

"你们很快就到世界末日了!只要我们能将'它'拆毁!"炮筒外星人说的是电脑吧。他们通过检测大概知道了这种机器并非不易攻克。

很快,他们向地球发射了超远程星际导弹,带有火焰,一旦这种火焰落到地球上,势必会引起巨大火灾。联合国的那些安全专家们都着急起来,又一起商讨对策,有的提出撤换谈判人,我求之不得,但另一些人不认为是我的问题,外星人的威胁是迟早的事。

"你们的目的是什么?"我问。看见他们的形状很像炮筒,我甚至怀疑他们就是我们星球发射的炮弹,落在宇宙空间,和其他生命结合后生出的新生物种,最后反过来要报复性地占领我们的星球。

"我们……我们……我们……要占有你们的星球!"他们带着与生俱来的侵略性,"因为它更美丽,更生机勃勃。"

各电脑屏幕映射出外星生命的蠢蠢欲动。

我很沮丧地不知道怎么面对他们。我从未以纤细之力对抗顽敌,就算我身后有地球人部队,但如今他们都成了信息人,都习惯于被程序控制,更加机械,少了直面这个世界的能力,在这样大的灾难面前,都变成了被动接受命令的人。

我的电脑继续激烈震荡,看来外星生命的攻击加快了。我一下子成了地球上信息人的公敌,他们开始把过错归罪于我高调地向外星人宣称我们都成了电脑人。

我的脑袋一阵发热,不久,我疑心我也被当成炮弹向太空中发射,因为我全身处于失重的状态,好在身上穿了宇航服。向太空中坠落远远没有想象的那么美好,最令我感到绝望的是,地球上电脑人的心还是原来的心,而人心向来有牺牲某些人,以获得包括自己在内的其他人的安全的倾向。

我成了牺牲品。

在我之后,电脑人很有可能会与炮筒外星人和解,否则不会牺牲谈判失利的我。罪恶!

我的"末日"到来,好像整个世界都和自己无关了。那些和自己相处甚久的人，对自己也毫不重要了，那些与他们在一起时的复杂情绪，那些看多了的冷漠，听多了的训令，没完没了的压力，好像也都终结了。

我一瞬间如释重负。

我想我大概是最后一次用手触摸头脑上的屏幕，我尝试向 W 星座发送信息。

命运总会出人意料。我期待已久的事情实现了，在最绝望的时候，竟然能够因被抛弃而看到 W 星座。无数在岩石植物间爬着的虫子，骚动不已。坑坑洼洼的地表绝无人迹。我对奇怪的生物毫无兴趣，如果外星人看我们地球人，也如同看虫蝇般，那为什么要攻击呢？生物之间差异巨大，要连接成符合彼此共同利益的宇宙共和国，实在是天方夜谭。

我看到的全是枯岩的外星球，和脑中曾经的海市蜃楼的图像差距甚远，比起青山绿水的地球，它们才是"死亡星球"呢。

回想起来，那些我在地球上度过的成千上万的平淡的日子，每一天都比钻石还珍贵！我尤其怀念一望无际绿油油的田野，茂密的森林和汪洋大海，还有美丽多样的城市景观！我满脑子都是对人类的回忆，对那个星球的不舍！

我还是对它怀有太深的感情……

我给地球发送求救信号："我可能被捕了。我什么都没有，只有对地球的记忆，不管它是否珍贵，却是我最重要的生命意识。外星人很有可能下载我储存的记忆，研究你们的思维特征，并想出对策。一旦他们向地面发动攻击，你们可以将核弹对准那些降临到我们星球的外星人！开启死亡按钮！"

可惜地球上的电脑人收到这样的电子信息后，并未给予回信。

他们自从变成电脑人后,似乎都有一种特殊的类似机器的淡漠的心态。

不久之后,我发现自己的记忆果然在被下载。

我有幸看到自己的生命意识,就像一切世纪的人一样,内心总有一种焦灼的痛苦,在生命的长河中不知道如何度过,缺少永恒的指明灯,于是跌跌撞撞地一点一滴前行,无论好坏,所留下的脚印就成了自己的生命的路径。当看见那些错综复杂的生命意识,很奇怪自己是怎么像工程师一样建设这条路径的。

"这些地球人的生活方式单一无聊,他们大概中了一种叫电脑的瘟疫。"炮筒外星人用幸灾乐祸的声音说。

"他们会怎样?"

"不久就要灭绝了。"

他们在预测"电脑人"还是人类的未来呢?

"为什么?"

"因为他们机械地活着,并对自己星球上的生物和资源赶尽杀绝。"

人性意识中,确实有那些阴暗面,虽然我也曾想担负起拯救世界的责任,但更多的时候,我服从于自我意识的随机性,对于他人乃至我所在的星球的其他事物,都有一种无所谓的态度,眼睁睁看着很多不可再生的资源日益被毁灭,而选择不作为。

"该怎么处置他?"

"用水淹吧,他们怕水。"他们讨论。

"不行!"可惜我叫不出声来。

大概是外星人劫获了我后,下载了我的记忆,研究了我的意识活动。"他们是由精神质量不高的爬虫进化而来,因此,那些人类向来自私狭隘,并且自大,有太多的攀比、贪婪、嫉妒,他们之间都不能善意相处,都是各为自己,就像他们所说,人不为己,天诛地灭……"

这就是我记忆里的内容在脑中呈现的自我意识?让我看到自己和很多人一样,都像是疯狂的、自私自利的精神病人。

"他们担心世界末日,甚至怀疑如果外星人攻击地球,就是他们的世界末日。"他们依旧在讨论我的记忆里的意识,"但是他们之间却在疯狂中消灭彼此,很多动物都濒临绝种……他们自以为是最高级的生命形式,却越来越依赖智能机器这种更低级别的物种,其实,这暴露了他们自始祖以来具有的生命特征:精神是依赖于物质的!"

我很紧张,他们竟然窥伺到人类精神意识发展的规律。更可怕的是,在我的精神臆想里,他们是对我们有威胁的敌人,自然,当我面对他们时,心跳剧烈加快。

"拆了他?"

"有什么用?他只是一堆废铁。他们这些废铁,永远不可能征服宇宙,他们以为可以,其实只是狂妄,不可能的!宇宙的复杂非同想象!说什么要建立宇宙共和国……他们的理想很宏大,但人人却都以自我为中心!"

他们碰到我脑袋上的触摸屏,我像睁开眼一样,看清这些炮筒外星人,他们才是废铁,但却是有能量的废铁。

"不过地球人是群很努力的生物,不明白他们为什么要尽其所能,疯狂地竞争,没有止尽,实在令人惊叹!"

"一直麻木地过度地开掘,让他们成为只知道工作的机器。他想谈情说爱,但没有荣誉和财富,无法吸引异性,因而焦虑……"

作为被研究的精神对象,我只能被动地倾听他们一言一语。这些外星人真堪称知己,他们像是在看我的日志一样,读懂了我的卑微和寂寞,还有我那些日常中说不出的煎熬。

"他们的未来到底是怎样?"

"最好是带薪休假呗……"从感性的角度,这是我在被磨得日渐凡庸的生活中的理想。

"变成半人半机器。"他们依据我的生存状态作出令人惊骇的判断。

我的脑子轻微震荡。

"他们对我们不信任,不过他们之间也并不完全信任对方,快乐很少,更多的是怀疑和争执。如果我们去往他们的星球,他们会试图用核能来摧毁我们。"

屏幕影像呈现核弹爆炸时巨大毁灭性的图景,慑于核弹的巨大威胁,他们不敢轻举妄动。

"我们需要多久能到达这个星球?……"

"这不重要。这些人类对我们没有威胁,他们的基因中带着贪婪的密码,也许当他们的资源都耗尽,就灭亡了。"

我的思维程式中,还有一些涉及童年的记忆,我用几个炮筒制作外星人的形象,并十分喜爱自己的"杰作",炮筒外星人读取这部分的内容时笑了,便没有把我拆毁。之后,我被炮筒外星人扔在废物堆里,像个用旧的破娃娃一样。咳咳,如果不是那童年时的纯真的乐趣,自己也就永远地沉寂无声了。

那些炮筒外星人就像踩高跷的昆虫一样在我身边爬来爬去,身材细长,随时准备朝宇宙空间发射出带着火星的炮筒,但慑于地球上的核防御系统,暂时停止进攻行为。

老实说,我不知道除了人以外,其他生命会不会考虑为什么活着?我们用尽一生拼搏,豪夺资源,最后的归宿也不过像我这样,慢慢被曾苦心经营的世界所遗忘。这些年，我好像被时间劫持了，从来没有真正用心生活啊！我感到人脑时时刻刻进行的不过是无休止地建立秩序和执行指令。那种压抑，就像宇宙中深邃的黑色，把我紧紧包裹。

宇宙的时间在不断流逝，我的时间却像是停止了。我满脑子都是对仙后的思念。仿佛有一道电网从我的内心通向她，我感觉我要为了一些什么活下去，不是更多的钱或更长的寿命，也不是为了听从某个指令，而是感到仿佛有什么将渺小、卑弱的生命和宇宙相联结？我努力不让自己在睡眠中，害怕随着时间过去，我会被死亡带走。

祈祷啊，不要被永久的睡眠吞噬！

在游戏中，一旦我的时间用完了，可能就到了世界末日的时候。如果我不断有新的生命力，未完成的任务，新的改变或进化，没准世界末日永远也不会到来呢。

Z 爱是进化的动力

我想象，当我回到我们的星球上后，成了众人拥戴的大英雄，因为我建议他们用核弹防御外星人，最终为他们赢得了和平呢！我无奈地苦笑，核弹关键时刻也能维护暂时的稳定与"和平"，正如女巫的话，一切都是矛盾对立的。世界顺其自然地发展，没有绝对的安全，也无须在恐惧中忧心忡忡。

但这样英雄的荣耀并不是我想要的！

在宇宙中生存，需要更强大的精神能量支撑自己。这是我在信息广场找到的答案。没错，人应该有其自身完整性，要有自由，爱，和平，信任……我一直如痴如狂思念有完美形象的仙后，因为她会带我寻找那些。有一种情感，是生命意识中的情意结。就像我对她那样的。

此时此刻，我也许很快成为残骸，看不见信息广场里从历史的墙角延伸出来的文明之花。人类会变成什么样的物种，取决于文明的进程。这也是拯救他们命运的唯一途径。话说我们本来是爬虫和野兽进化而来的。

没有人通过感应器听到我的呼救请求，或者说他们不愿意理睬。

我不得不等着死亡降临。没有什么是不朽的，我若很富有，钱财也会散尽，工厂会倒闭，这些无法令我快乐。我会遇到像玫瑰一样艳丽的女人，但我会变成为她赚钱的人质，很难获得纯真的爱情。我即便得到像完美的机器人一样的女友，她也无法让我快乐，因为我的生活过于机械地忙碌。

人在地球上存在了数万年，仍没法知道快乐根植于什么。吃饱，饥饿；醒着，睡着；战争，和平。信息广场里所有人类的声音，都是关于这些。他们大多数可能在临死前都没感受到那道照射进心灵的幸福之光。

机械般的生命，在人类所在的星球上耕耘了上万年，还没有培植起幸福的思想。我孤独地呻吟："我生来是要追寻……我不是机械人，我要快乐的生活，不用生活在恐惧中。我从多大开始有梦想？那时只是想要快乐……"

人啊，就是很主观的，要不然也不会有意识的世界、信息的世界。但我们的主观，不是想要机械的脑袋——如果是机械人的话，我只是人口普查表上的一个头像，一张照片，职业：失业；婚姻：未婚；财产：一无所有；近况特征：只知道工作的普通职员；居住地：地球；履历：人类文明的信息社会阶段……炮筒外星人要是毁了我们居住的世界，我不知道宇宙的信息广场还是否存在，其他生命是否能建构信息的世界，应该也会吧。

"现在，我只想要爱情，生儿育女，让生命繁衍是最重要的。一个人可以怎么贪财都不过分，但是生命不在了，财产都会转移到哪里去呢。所有人类生命都不在了，人类文明到哪里去呢。我的人生自然最重要的是追求爱情，然后诞生新的生命。哈，我醒悟了，爱是生命的生产力，进化的动力！"

作为信息人，我头脑中的意识可以和仙后产生强烈的感应，我向她抱怨："我没有生活，没有生活就没有一切啊。你知道什么叫一无所有吗？像我现在这样，就叫一无所有。"因为如果没有生活，就没有爱情或其他。

"你有整个星球啊！"她说的是地球。

"它也许被沦陷了。"我有一种活在往事中的感觉。心里在想：很多很多年前地球……它耗光了资源或被外星生物兵临城下。

"你有整个星球。"仙后又强调道，"这就是你拥有的最有价值的东西。所以，怎么会是一无所有呢！你至少有整个星球，它就是你的财富，你的生命伴侣！"

"可是，我究竟怎样才能从它那儿得到幸福或快乐？"我的愿望一次次失落，很灰心。

"你有整个星球，当你好好对它，它也好好对你；当你爱它，它也爱你。它是你最重要的财产——宇宙是你的墓地，但它是你的家乡，你的生活。你有整个星球啊，并不是一无所有！除非你永远沉睡过去了。你的愿望都可以从那里得到！"她激起我对我所生存的空间最真挚的感情。

"生活？没错，只要我愿意，我可以在地球享受到各种生活的乐趣，包括所有的节假日，还有通过坚持，我有可能得到我想要的，这本身才是生活最大的乐趣。我不是人口普查表上的一个名额，我有整个星球的生活。我是独立的生命体，我可以去自由地享有地球的生活。那里不是灰白世界，而是色彩斑斓的彩虹地带。"

过去我怎么会认为，地球上的人生是生活冢？我所有想要得到的，"地球"都在等待我去得到。它是一个生动的，充满感情的地方，但我待在那里太久，差点儿忘了，误认为那里的生活是机械的。

这是信息广场最深广的声音：我是自由的独立体、意识的独立体，我拥有整个星球和那里的生活。几乎所有的人，从长达万年的历史来看，都是如此。

我感叹："自从有人类以来，一生追求的不过是生活本身，而并非那些无止境的虚幻的愿望。生活本身不是呆板、无聊、机械的，而是人自由地去尝试一切。孤独不属于我，我对人类生命意识不断成长的那个星球有太多情感。我毫无疑问也是它的一部分。"

生活本身的意义是自由地去尝试一切，我做了很久的梦才明白。这让我对生命产生从未有过的热度，我不仅拥有整个星球，还拥有对生活的各种可能的遐想。在很多世纪以前，人们就应该认识到这一点，但是那个时候的人们却认为生活有很多规则，要服从神、传统或大家认为既定如此的事情，甚至时间，然而，过去的人并未从这种"服从"中感受到真正的幸福和快乐。结果，无数人在机械的轨迹中度过了一生，浑浑噩噩。

地球上的人们把我送去和谈，原本我以为我注定没命的呢，而且他们也不再关心我活着与否。但是，我却并没有死气沉沉，反而从这一刻才感受到，我的生命是最有价值的。"她"承诺给我的愿望，在地球上的生活中都可以得到，但如果没有生命了，剩下的白骨只能和蚂蚁为伍；当然，倘若没有这些愿望，我可能一辈子都如同精神上的无业游民。

真正的生活，既不是散发着原始森林的气息，也不是陨石密布的光景，更不是依赖机械工作而存在，而是在时光流逝中活在自己的生命里，不曾远离它，不曾觉得虚度。

直到这时，我猛然明白时间是什么。时间倏忽即生，倏忽即逝，所以，时间的意义就是当下，无论有多少个过去，还是有多少个未来，永恒存在的时间就是"当下"，无数个当下形成一生。

这让我瞬间醒悟，真正可怕的不是世界一下子毁灭，而是当下的一切在流逝，看不见，察不觉，譬如水土在缓慢地流失，气温在变化，人口在增加。大家都看不见，但它们是潜伏的危机，有朝一日必将在某种形势下爆发。是否有尽头，有世界末日，我不得而知。

但可以预见的是，"我们的"星球就像一架巨型乐器，每次磨损一点，就会有坏毁之时！现在，它正发出紧急呼救的叹息声。我仿佛听见后来世纪的人请求我们珍善地对待这个世界。

信息广场的很多秘密，越来越被我看见，包括最困扰我的人的命运。我相信，信息广场就是我们的心灵维度——第五维度。那一排排的嵌在信息墙上的抽屉，收集了我们心灵的讯号。我们正是跟着它，走在世界的通道中。

当我不再对生活产生厌倦或忧郁时，我又开始十分想念那人烟稠密，充满笑语的星球。毫无疑问，信息广场的抽屉收到了我的请求。

我那电脑感应器的头壳消失。我又听到了我那滴答滴答的心跳声，也像是时间的声音。我在游戏进程中选择重新回到正常生活，融入社会。

我看见桌面闪动的屏幕，像从可怕的噩梦中醒来！由于心理经验的惯性，看到垃圾筒，感觉像炮筒外星人，吓了一跳，生怕他们跟随我而来。摸着电脑时，手感也越发奇怪，像摸着自己的脑袋一样。

"你好！"我跟同事打招呼，像隔了数个世纪。他们却对我异常的热情，并没有我在游戏里感受到的冷漠。看来那也许是因为人的意识更容易记住负面的情绪——信息广场记录下我错误的自我暗示。

我主动去见领导，向他汇报工作。他也很客气地给我倒茶，不是装模作样，他向来欢迎职员主动去找他，喜欢公司正常地运转。

"项目已经完成了。"我端着茶杯说，并为自己的拖延症向他道歉。

"哦！这个项目的主题是什么，便于我们推广？"他仍是眉头紧皱的模样。

"人类的进化。人最初就是动物，像恐龙一样有身体没心智，在毁灭的时候只知道逃跑，后来心智发展了，就相信巫卜和神灵，为了利益，由殖民掠夺战争发展成为世界大战，紧接着工业文明的发展不可收拾，对环境造成巨大的破坏，最糟糕的是，气候越来越恶劣，终于造成了人类世界的末日……所以，人类必须发展到更高层次的文明，才能避免噩梦！"

"怎么发展到更高层次的文明？"领导打断道，他随时可以贴上肯定我或否定我的标签，他那种从上而下的管理意识，总是让我莫名地紧张。

"爱是进化的核心动力，它能促使世界向更好的方向发展。人都不爱别人，不尊重他人，还谈什么爱护环境，爱护地球。太可笑了！所以，爱就是最大的道德！不用爱来建设新文明，什么保护环境、和谐发展都是空话。'死亡星球'提醒人类世界末日的到来，不是时间意义上的，而是文明意义上的，否则，全世界必将陷入旷古未有的因空前发展带来的灾难中。"

我总是想起那信息广场的声音给我的警醒。

"没错！你说得很好！可以被聘请去做联合国全球安全发展委员会的会长。"不确定他是不是在揶揄我。

看到他桌上的烟灰缸，我猛地说："怎么你都不爱自己！烟丝会制造恶化的空气，看不见地威胁你的生命。"

"哦，戒不了！"他弹了弹烟灰，打了下呵欠，"最重要的是，我没有动力。"

我看着他的脸，努力寻找他的思想的线索：他衣食无忧，满足于现状。大多数人都像他那样，活在惰性中。在我的眼皮底下浮现出一根根烟丝将地球上的树木烧没了的错觉。也许，未来地球的统治者真的有可能是蚂蚁，而非现阶段的人类。

"啊，项目结束了，终于可以好好放松了，下班后一起去喝茶吧！你也别工作太辛苦，太累了。咱们的身体也要可持续发展，不能一下子崩溃了！"他十指交叉，很认真地叮嘱我，随即意识到自己的问题，不由得笑了，"你说得对！我不能不顾自己的身体，看，年纪不大就秃顶了，还有口臭，真可怕。"

他说话算数，下班后，请我去喝茶，算是对职员的慰劳。走出办公楼后，我看见有个靓丽的美女在街道的另一边，便指着她问领导："你认识那个女人吗？"

"哦？她是谁？"领导摇摇头，不像撒谎。

"她是……危险，是浪漫，是时间中的不确定因素。"

我立即奔过去，追赶她，在她坐进出租车的那一刻，也跟着钻了进去。她手中拿着那种我很眼熟的包，城市丽人都会有的那种，梳了梳头发，微笑地说："嗨！你要是赶时间，我下去好了，我再坐下一辆。"

"哦,我以为你是我认识的一个人!"我见她对我没印象,很尴尬。我会不会在她眼里是疯子或小丑,但总比只懂得按部就班、完全遵守社会规则、举止拘泥得过于正常的人,要更让她有喜欢或讨厌的情绪反应。

"呵呵,认错人了,没关系,那你去哪儿,看我们顺不顺路!"她也许只是客气。

"太感谢了!"我兴奋得很不自然,仍抓住门把的手像正在打开信息广场的抽屉。

我们不经意握了一下手。

我的心微颤,这不是仙后启发的,手能抓住的任何东西就是幸福吗?

我的眼眶好像有一瞬间湿润了。因为我看到信息广场深藏的秘密。

她柔和地笑道:"呵呵,你要是没事,到我住的地方去,和我玩游戏。网络上的那些人,都只是一个个账号,他们对于我就像是外星人。"

"嗯,是的,他们都是蜘蛛外星人,最擅长在网络上编造信息……"我从工作包中拿出拷贝了游戏软件的碟盘说,"这是'死亡星球'的游戏,可以带我们去信息广场,了解宇宙的秘密。"

"死亡星球?世界都会被毁灭吗?真是这样的话,我希望有个地方,让我睡在那里,等着危险过去再醒来。"

"无论何时,危险都不会离开我们呀!"我客观地说,"因为任何时间,都存在各式各样的危险。"

"那为什么我们要去信息广场呢?"

"这个世界如你所见,会让你有很多困惑。信息广场记录了我们心灵的秘密,只有越接近它,才能设法找出答案。譬如,它会告诉我们,命运是我们心灵编织的方程式。"

不等我说完,她就好奇地问:"如果我知道了答案,我岂不是世界上最聪明的人?"

"信息广场里有很多抽屉,每个抽屉里装着不同的奥妙。你需要一个个去打开,才能变得更聪明。"

她很坦率地说:"可是我对宇宙真理不感兴趣,只想知道怎么挣钱。对我而言,生活就是最现实的吃穿玩乐,衣食住行呢。"

我们仿佛站在金色大厅里,享受着她贵妇人的梦。

"你的说法并不新鲜。"我和她对视,向她揭示宇宙还有第五维度,"但是宇宙有个特殊设计,您不是不知道,它除了给我们设计肉体,还给我们设计了不同于蚂蚁的心。您肯定和蚂蚁并非一样吧!"

"人和蚂蚁有区别吗?一万年前,蚂蚁是蚂蚁,人是人;一万年以后,依然如此。"

我摇头道:"蚂蚁固然无变化,但一万年前人类无网络,如今却都生活在网络世界。我们不一定是唯一能构造信息广场的生物,却可以用电脑这种机器通往信息广场。"

"这像是探索的游戏。它会告诉我怎样获得惊人的收入吗?"她似乎只对金钱感兴趣,然而那不也是我挥之不去的意识吗,我没有资格占据道德上风。"能让我感到兴奋的游戏不多,除非它们能满足我。"

"那就是信息广场的秘密,你必须自己去发现线索,当你打开能传递你的'心灵影像'的抽屉,你就知道了答案。就像一个个乐符,你必须找到将它们串联在一起的线索,才能听到它的声音。这种声音有高有低,有深有浅,而不是机械的单调的音符。生活也是如此,不是单纯地为了挣钱,应该是心灵影像的线索。"

我感到自己的回答如此真诚、平静，好像找到了那个被忙碌遮蔽的自己。"生活冢"不再困扰着我。我有一种自我意识睡了很久，终于醒了的感觉。

"从创世纪以来，每个人都是信息人，他们的心灵通向神秘的信息广场，所以网络从有人类就存在了，只是我们发明了特殊的电脑器材，将它变成可以接触的。我们所有信息人聚集在网络世界，分享无穷无尽的信息，因此，信息广场是个巨大无边的公共广场，也是宽广无比的心灵空间。它像镜子一样，照见和记录我们的生活。"

当我们谈论信息广场时，出租车在宽阔的大道上行驶。

"来自信息广场的声音……应该还包含爱情？"她兴奋地问我，"我只要登录上去，就能遇到另一半吗？"

"是的，犹如探险一般。幸福就是找到合乎心灵影像的爱情。"我这么说时，心中仿佛有电流经过。幸福是所有的人在信息广场期待的。

"在信息广场，能看到外星球吗？"她流露出越来越多的真性情，"那里是不是到处都是绿色？我们的灵魂会飞向那里，寻找彩虹吗？"

"外星球没有你想要的滚滚财富，没有你想要的生活。"我诚实地说。

"那彩虹在哪里？"她的眼睛看着天边，眼角又晃向我。

"彩虹是抓不住的。手能抓住的一切才有意义。就像完美恋人没有，如果我一直期待她，我只能不停地产生奇怪的幻想，好像是坐在要行驶很长很长的公共汽车中看天边的云彩，但即使到了行程的终点，我也遇不到传说中的仙女，反而可能一头扎进深黑的大海里，随着潮汐沉没，遗体逐渐在这个星球上消失。"说着，我的脑子里又浮现W星座的影子，爱上"她"注定是生命意识成长的情意结。

车窗外面没有彩虹。反而天色变了，眨眼间，电闪雷鸣，大雨哗哗而落。大自然最变化无常。

"怎么回事啊，白天看起来像晚上一样。这鬼天气！"我们的情绪开始变得急躁。

外面积水很深，司机顶着雷雨，出去看看前后路面情况。车窗被雨帘打湿，我们看不清外面。手机也没有了信号。

被困到水中，她吓得拍着玻璃窗大叫："喂，不能出去了？我们会不会死在里面。天哪，怎么办？"

外面的世界像是变成了一个巨大的屏幕，如同屏裂了的感觉。我的屏幕女神，对于我落在雨井里无可奈何。倒是身边的她努力地想要打开玻璃窗。我们此刻像困在封闭的盒子里，不出去就死了。

"你继续活在幻想中吧！"她对我说，"想要沉入深海里，随着潮汐无影无踪，就像现在这样吗？"

死亡又要扼住我们的喉咙，恐惧反复像潮水一样涌来。我奋力打开车门，但无济于事。

"你继续活在幻想中啊……"她嘲讽的话一遍又一遍刺激着我。在广大的世界里，令人恐惧的事情远比自己想象的要接近。

洪水进入车中覆盖我的脸庞，又像无形的墙一样挡住我。墙还会变形，还会移动，不断来回挤压我，我很想将它粉碎，但是怎么也走不出它的束缚。犹如一瞬间，过去和未来并至，时间立成墙，没有了呼吸的缝隙，我的余生俱化为灰烬。

我看不到星空，看不见阳光。世界接近无限透明，又不断碎裂开来，碎裂成无数变化的意识。压力慢慢浸透我的脑海，我的胸膛，正当它像死神包裹住我的全身时，我听见一个熟悉的声音说：

"抓住！"

她的手拽住我站在汽车顶盖上。当车内外受水的压力一致时，车门就轻易打开了，我们终于能逃出封闭的世界，她会游泳，是健身馆的常客，穿过车门只要了大约地球上一分钟的时间，还抓着另一个生命的手。瞬间，她仿佛是我生命的一部分，是我的财富，是我的爱情，是我的力量，我的抽屉，是合乎我心灵影像的爱的存在。

找到了！

我们从外形上看当然是人类，我想远处的人应该会替我们报警吧。这两个影子，会让人们确信这里还有生命。两个并立在一起的人，像一对永恒的爱的雕塑一样等待着什么。从那远处照射而来的光芒中，我看见世界灵魂期待的无非是被关爱。

尾声：关于幸福的答案

游戏中世界末日到来之后……屏幕中显现这个星球的情景，世界到处是野草，一片荒芜，凹凸不平，动物不知道去向，海水浮泛，地面狼藉。绿色的植物像菟丝子一样蔓延开来，地面很快被绿色覆盖了。蚂蚁长得硕大，在屏幕上爬来爬去，且越来越多，铺满整个屏幕。这是信息广场第一个抽屉的回应。

"未来也许蚂蚁统治着这个世界。"可惜我不喜欢，便把这个窗口关了，"太荒凉了，人类文明的足迹都没了，几万年的发展，等于零。"

第二个抽屉的回应。炮筒外星人发射的导弹吻了我们的星球，火焰四起，仿佛世界末日降临。我在破碎的城市街道上孤独行走，隐隐约约可见外星人的影子，但是他们到处探测了一下，什么也没发现就走了。外星人飞离地球时，我很想跟着去。美美迎面走来，头发散乱，身上也沾着灰尘，向我扑过来。她像是害怕一个人待着，人类如同回到了伊甸园时代，只是树上挂的是受辐射污染后长出的黑苹果。

我们不得不为果腹发愁。

"世界不会只剩一个男人和一个女人吧？他们的爱真浪漫啊！"

美美把自己看成命运之神的情人，能侥幸地生存。

紧接着是一个新生婴儿啼哭的声音，这是生命最初的声音，我们爱情的结晶。

"嗯，我们一起活下去，生孩子，后来的人都是咱们的后代，人类又要开始亚当和夏娃的轮回，也没有什么新意。"我关闭了这个窗口，也不满意这样的世界，如同果树又结满果子。而且外星人围绕着地球游游荡荡，仍然是威胁。

第三个抽屉的回应。世界性的灾难并没有将人类的重要建筑和人口毁灭多少，基本设施都保存了下来，机械化的庞然大物仍矗立。人类恐惧他们孩子气般地给地球带来的重负，都聚集在信息广场，焦急地探讨地球间歇性发作的自我毁灭的症状。

"如果我们还不采取行动，人类生存的地方是不是就会越来越糟糕？"所有人都很惶恐，纷纷议论，最后决定设立地球保护日，每到这日，所有人停下一切工作，关注我们生存的环境。对这个星球的爱应该存在于人类在它上面生存的一切意识中。

信息广场的档案把这个公共事件记录下来，将它看成人类文明的又一次升华。人只有在时间中不断纠正过去的错误，才会有新的未来。改变，那将是伟大的开始。

我在信息广场的疑问，也收到了某个抽屉的回应：

"幸福的秘密是欣赏这个星球的所有风景，并且找到合乎心灵影像的爱。"

这就是我要找到的答案？

后　记

我在不到十岁的时候，就独自住在一个楼层上。那时望着窗外，满天的星星，就是一个个梦的升腾。每个梦都是从心灵出发，到达世界某个遥不可及的地方。一个人住，也会常常听到一种奇怪的声音，好像是和自己对话，那种声音代表世界的各种信息，能通过某个神秘通道和自己的灵魂相遇。

写这本书时，我关心的不是如何工作，而是如何生活。工作只是一个个任务，生活才是我们情绪的表演场所。我很想像禅者一样，面对人生的酸甜苦辣顿悟通透，但只要回到匆忙的生活中，种种烦恼又依然会找自己。我们是圈养在程序里的生命，又是这个星球上的自由游客。这种生存的矛盾性，让我们像密闭系统里的植物，既渴望阳光照射的能量，茂盛生长，也常臣服于这种幽闭，快乐还是不快乐，并不纯粹。生活就是个机箱，是复杂情绪的拼贴。

我有时候也忍不住猜想，站在信息广场面对抽屉时，会想问什么。

什么样的生活才值得过一生？

这好像是最想问的问题。我们总是努力想要像人一样活着，但又该怎样活着呢。

人生没有范型，只有无数次可能的选择。生活就是像呼吸一样的存在，又像弹钢琴，可能弹出各种节奏。还像演出一样，让人心纠结而挣扎。也像建筑一样，没准儿随时会崩溃。死亡无可避免，活着才是我们终其一生要画完的图纸。

除了生或死，没什么是永恒的。星星在宇宙中闪闪灭灭，信息在地球上来来去去，一切都是流动变化的。干净的会被污染，富饶的会变贫瘠。一切生的都会变成死的，有的会化为无。得到还是失去，正确或是错误，都会伴随到生命的尽头。

可是我们是生物，不是礁石一样的物质，我们希望在宇宙中感受到灵魂是平静的，幸福的，是与宇宙的生态系统和谐的。是嘴角的笑意盈盈，甜美的梦的回味……

每个生命都存在宇宙的档案里，它感受到的冷热寒暑、渴求或伤痛、等候幸福都会被宇宙记录，正是这些感受证明我们还活着，是有创造力的生物。我们愈加渴望，会愈有创造力，创造理想的人生图景、更美丽的星球图案，创造出想要的幸福生活。

我们是生命，在每一滴泪水的咸味里，也能尝到泉涌般的生命力。每一次感动，是在我们的记忆中加入分布在宇宙中的狂热能量。

当人生处于开机状态，就不要放弃让内心储存来自宇宙的信息。我们和宇宙共同进化，这是生命的自动模式。只有同宇宙互惠互利，我们才能最大程度地获得在这世界上的幸福。

图书在版编目（CIP）数据

第五维度 / 梦窗著. —北京：新星出版社，2016.5
ISBN 978-7-5133-2089-4

Ⅰ.①第… Ⅱ.①梦… Ⅲ.①科学幻想小说－中国－当代 Ⅳ.①I247.5

中国版本图书馆CIP数据核字（2016）第071509号

第五维度

梦窗 著

策划统筹：陈　曦
责任编辑：陶凌寅
责任印制：韦　舰
装帧设计：阿　鬼

出版发行：新星出版社
出 版 人：谢　刚
社　　址：北京市西城区车公庄大街丙3号楼　　100044
网　　址：www.newstarpress.com
电　　话：010-88310888
传　　真：010-65270449
法律顾问：北京市大成律师事务所

读者服务：010-88310811　service@newstarpress.com
邮购地址：北京市西城区车公庄大街丙3号楼　　100044

印　　刷：北京鹏润伟业印刷有限公司
开　　本：910mm×1230mm　　1/32
印　　张：7.75
字　　数：160千字
版　　次：2016年5月第一版　2016年5月第一次印刷
书　　号：ISBN 978-7-5133-2089-4
定　　价：28.00元

版权专有，侵权必究；如有质量问题，请与印刷厂联系调换。